LITERATURE
WHY IT MATTERS

Robert Eaglestone

文学
为什么重要

〔英〕罗伯特·伊戈尔斯通 著　　修佳明 译

著作权合同登记号 图字：01-2019-5160

图书在版编目（CIP）数据

文学为什么重要 /（英）罗伯特·伊戈尔斯通著；修佳明译. —北京：北京大学出版社，2020.10
（人文社会科学为什么重要）
ISBN 978-7-301-31708-2

Ⅰ.①文… Ⅱ.①罗…②修… Ⅲ.①文学研究 Ⅳ.①I0

中国版本图书馆 CIP 数据核字（2020）第 187118 号

Literature: Why It Matters by Robert Eaglestone, first published in 2019 by Polity Press
© Robert Eaglestone 2019
This edition is published by arrangement with Polity Press Ltd., Cambridge
Simplified Chinese Edition © 2020 Peking University Press
All Rights Reserved

本书简体中文版专有翻译出版权由 Polity Press 授予北京大学出版社

书　　　名	文学为什么重要 WENXUE WEISHENME ZHONGYAO
著作责任者	〔英〕罗伯特·伊戈尔斯通 著　修佳明 译
责任编辑	延城城
标准书号	ISBN 978-7-301-31708-2
出版发行	北京大学出版社
地　　　址	北京市海淀区成府路 205 号　100871
网　　　址	http://www.pup.cn　新浪微博：@北京大学出版社
电子信箱	pkuwsz@126.com
电　　　话	邮购部 010-62752015　发行部 010-62750672 编辑部 010-62767315
印　刷　者	北京中科印刷有限公司
经　销　者	新华书店 890 毫米×1240 毫米　32 开本　6.25 印张　77 千字 2020 年 10 月第 1 版　2022 年 6 月第 3 次印刷
定　　　价	45.00 元（精装）

未经许可，不得以任何方式复制或抄袭本书之部分或全部内容。
版权所有，侵权必究
举报电话：010-62752024　电子信箱：fd@pup.pku.edu.cn
图书如有印装质量问题，请与出版部联系，电话：010-62756370

目 录 ▶ CONTENTS

中译版序 / 001

第一章 什么是文学? / 001

第二章 研究文学
作为对话与分歧的文学研究 / 043
作为一种不一样的教育模型的文学研究 / 048
作为"行动中的知识"的文学研究 / 053
作为手艺与活动的文学研究 / 059
"隐喻识别"的手艺 / 060
结　论 / 077

第三章
文学为什么是重要的?

读者工程 / 084

"听着,我想要的是,事实。" / 092

幸福教授 / 103

结　论 / 119

第四章
文学教什么?

如果你研究文学,你会成为什么? / 132

结　论 / 161

延伸阅读 /163

索　引 /173

中译版序

自古以来，西方很少有哪一个人文领域，需要像文学这样为自身存在的合法性反复申辩。锡德尼的《诗辩》强调诗可以像宗教一样实现教化，认为前者结合了历史的具体性和哲学的一般性；而雪莱的《诗辩》则为诗人在理性时代的核心地位滔滔雄辩，主张诗之浪漫可以成为困顿的现代心灵的解药。在后工业社会，传统意义上的文学当然早就盛景不再，锡德尼和雪莱这般自信的声音已成绝响。今时今日，严肃文学对资本主义文化产业而言无利可图，电影、电视和互联网早已取代书籍，成为大众文学的主要媒介，"文学青年"几乎沦为消费社会中某类滑稽废人的代名词。

诚然,文学在当下的危机是多重意义上的。一方面,信息时代以碎片化、智能化的即时内容推送,不断刺激受众的多巴胺分泌。算法的逻辑把普通读者训练成文化速食品的瘾君子,社交媒体的极化效应又让我们习惯于待在各自的信息茧房。然而,伟大文学的生产和阅读原本是缓慢的技艺,需要恒久的耐心与专注,而且往往在不经意间刺痛我们固有的自我意识。某种意义上说,当移动互联网带来了时空压缩和过度联结,文学所寄居的书本注定无法与电子屏幕竞争。菲利普·罗斯(Philip Roth)晚年曾悲观地预言,只需要不到二十五年,阅读小说就可能变成阅读拉丁语诗歌那样的小众爱好。在他看来,如果谁在两周之内读完一部小说,那就根本不是读小说。文学的荣光与悲哀在于,它所需要的那种审美能力,已在当代大众中间变得日益稀缺。

另一方面,文学的神庙也被西方人文学科从内部瓦解。对于过去的读者来说,伟大的作家和作品在正典化之后有着确凿无疑、不证自明的光环——荷马、维吉尔、但丁、莎士比亚、弥尔顿、霍桑、乔伊斯这样的名字居于正典的中心,它们代表了书架上的神明和文学价值的永恒圭臬,如同文艺复兴时期的绘画杰作在博物馆的地位一样不可撼动。然而,20世纪70年代兴起的后结构主义、后现代主义思潮,却试图颠覆我们对于文学的传统定义,严肃文学与流行文学的天然界限被打破了,"文学性"的概念被弃之如敝履。经典文学作品不再是当年"新批评"(New Criticism)学者津津乐道的"精致的瓮",而只是"文本"而已,和漫威电影、《哈利·波特与魔法石》、网络修仙小说或产品说明书并无本质区别。

20世纪后半叶,在西方兴起的"文化战争"以平权和多元主义为诉求,其中一个副产品是让一些"大师"(多为白人男性)的作品被逐出文学课堂,取而代之的是少数族裔、女性和第三世界作家所代表的边缘声音。当文学与非文学、严肃文学与通俗文学的界限变得模糊,当谈论文学的审美标准已成为一种"政治不正确",研究文学与讲授文学自然也今非昔比，文学经典在学院内的自我解构中失去了往日的威仪。杜克大学教授弗兰克·伦特里奇亚（Frank Lentricchia）曾公开宣称要和文学批评界决裂，重新做回那个享受文学阅读的私密读者。他抱怨说，在研究生课堂上学生们熟稔各种批判理论和大词，论康拉德一定言必称帝国主义，评惠特曼一定斥其种族主义，而庞德则必然和反犹联系在一起。在伦特里奇亚看来，那些理论先行的评论家逻辑很简单可笑，仿佛是在说："T. S. 艾略特恐同，而我不是。所以，和艾略特比起来，我是个好人。学我，别学艾略特。"他又接着反唇相讥："但是 T. S. 艾略特的确写得好，而你不行。说真的，难道你灵魂中就没有污垢吗？"

伦特里奇亚对同行的这番话或许过于刻薄，却准确点出了近几十年来西方文学研究的流弊。具言之，学院派以批判理论为武器，带着怀疑的心态审视文学，总是致力于在文本深处寻获文学与其社会语境之间的阴暗共谋关系，或揭露文学语言和现象背后的权力谱系。保罗·利科（Paul

Ricoeur)将这种套路称之为"怀疑的阐释学"(hermeneutics of suspicion),它广泛体现在心理分析文论、后殖民批评、女性主义批评、酷儿理论、西方马克思主义批评、新历史主义等时髦流派的批评实践中。正如弗吉尼亚大学的瑞塔·菲尔斯基(Rita Felski)在近著《批判的限度》(*The Limits of Critique*)中所言,批判先行的文学研究模式造成了一种危险的定势思维,即文学批评家总将自身使命设定为怀疑和审讯文本,以求逼问出作品故意隐藏的真相,而且这种审讯常常是结论先于论证的。如何评价西方文学研究的这种"猎巫"风气,或许是见仁见智的智识立场问题,但一个不争的事实却摆在我们面前:在过度强调语境的解读中,文学渐渐失去了自身的审美价值,文学作品沦为了福柯式文化研究的材料。于是,研究和解读文学不再是为了丰富我们对作品本身的审美,而是为了反复证明文学是意识形态或文化历史的产物。这种价值取向的后果之一,是导致西方大学的文学研究在方法论上成为其他人文社会学科的附庸。一言以蔽之,过度政治化的文学研究不再是关于文学本身,文学自身的重要性被稀释了,同时阅读的审美愉悦也消失了。

英国学者罗伯特·伊戈尔斯通(Robert Eaglestone)的这本小书《文学为什么重要》(Literature: Why It Matters),正是对新世纪文学危机的一次有力回应。近年来,虽然为文学的永恒价值去振臂高呼的声音并不少,但伊戈尔斯通的观点依然有其别具一格之处。通常来说,当代"诗辩"往往会掉入两种窠臼。既然新自由主义主导的西方大学强调工具理性,一类辩护者就干脆反其道而行之,指出文学仅有"无用之用"。全然承认文学的无用性,并以此来挑战传统的价值定义,这或许是学术上行得通的理路,却恐怕无法说服广大普通读者——他们不懂福柯和海德格尔,文学只是日常生活经验的一部分。对他们而言,如果读文学仅仅为了疏离和批判社会而存在,那么为什么要做这件事呢?我认为,以"无用之用"的理由来为文学布道,只会进一步加剧专业读者(即所谓"文学研究者")和普通读者的割裂,让前者继续陷入阳春白雪的自说自话中。

另一类辩护者则效仿科学的实证模式,试图证明文学在当下有其确定的社会效用。以文学伦理学为例,一些学者(如玛莎·C. 努斯鲍姆 [Martha C. Nussbaum] 等人)认为读者在小说家创造的虚构世界里,可以获得关于现实生活的"爱的知识"——阅读的过程就是让主体学会复杂的伦理判断,从而让我们可以更好地生活。随着当代脑科学的发展,还有一些研究者试图证明文学阅读可以激发脑内某种特殊物质,它有助于培养全球化时代各国公民的共情能力,或者成为辅助性的心理治疗方法。然而,这种认为文学一定可以调教出高级精神品质的理论不乏反证。纵观人类历史的那些至暗时刻,饱读文学作品的知识分子群体表现并不尽如人意。面对暴力、强权或谎言,很多浸淫于伟大文学作品的人并未展露出超过常人的道德勇气或高贵气节,有些甚至还沦为邪恶一方的同谋或帮凶。文学一定能把我们塑造成更好的人吗?答案或许并不十分确定。

伊戈尔斯通选择跳出这样的本质主义认知陷阱,并将文学视为一个主体间的动态过程。用他的话说,"文学更像是一个动词,而不是一个名词……文学是行走,不是地图。"这些精妙的譬喻最后都指向一个整体性的文学认知模型,即"文学是一种鲜活的交谈"。这里,交谈当然不只存在于文学叙事内部,它更是作者和读者、读者和虚构人物、读者和读者之间的交流。既然文学是发生在主体间的动态过程,那么一部文学作品的优劣就取决于它激发对话的能力,但最终的阅读效果则有赖于个体读者的参与。换言之,伟大的文学不是空谷幽兰,亦不是灵丹妙药,而是所谓"行动中的知识"(knowledge in action),其意义永远处于一个社会化的生成(becoming)中。

在这个意义上,伊戈尔斯通的文学观呼应了当代文学研究的两个重要趋势,即关注文学的事件性和普通读者的日常阅读。"文学到底是什么"不再那么重要了,重要的是"文学能让什么发生",尤其是在我们的日常生活中。特别令我惊喜的是，本书作者全然没有英美学院派的匠气，他不掉书袋，也不讲艰涩的专业术语，而是将期待读者设定为文学阅读的素人，把深奥的学理以简洁生动的语言娓娓道来。伊戈尔斯通这种有意为之的写作风格，对应了他加诸文学"交谈"的关键定语："鲜活"。将文学解释为一种对话，在批评史上并不新鲜，俄国学者巴赫金（Mikhail Bakhtin）的"对话理论"（dialogism）是最重要的前例，美国学者肯尼斯·柏克（Kenneth Burke）也提出"戏剧主义"（dramatism）作为文学分析的方法，至于阐释学传统中对文本间性、主体间性的讨论就更多了。如果说前人对于文学对话性的论述依旧是学院派的路数，那么伊戈尔斯通所说的"鲜活的交谈"则带有更多的市井烟火气——它不是哲学上的沉思，也不是学理上的论辩，而更像是一个开放社会的生活方式。参与这样的交谈，并不需要论资排辈；当文学从书中伸出一支手，读者要做的就是抓住它，所有与谈者之间是平等的关系。

那么，交谈的终点是什么呢？伊戈尔斯通告诉我们，文学研究迥异于其他学科（甚至包括哲学）的一大特色，就是它并不谋求共识（consensus），而是基于异识（dissensus）。或者更具体地说，文学研究在方法论和学科定义上并无统一的法则，批评家的文本阐释活动不是为了求同存异，而是去寻求持续性的差异。这样"鲜活的交谈"不寻求各方认可的结论，甚至不以目的为导向，每个人在文学阅读行动中，可以"挖掘、探索以及发展我们各自的自我和独异性"。当然，这绝不意味着好的阅读会自动发生，正如日常生活中人与人的交谈也并非总是那么"鲜活"，无效或虚假的交际几乎伴随着我们的一生。文学阅读作为一种技艺，其对话的有效性一方面取决于作品自身的特质（如文类、风格、译介等等），另一方面则取决于读者的"文化素养"（cultural literacy）。读者能否积极地识别隐喻和象征，是否具有良好的审美习惯，是否能调用个体经验与文学创造的世界达到共鸣，是否拥有细读和创造性理解的能力……所有这些因素都有鲜明的个体差异，都将影响"交谈"的鲜活程度。而如何提高文学阅读的文化素养，当然是文学教育工作者在课堂上要去解决的问题。一旦文学教师秉持"文学即交流"的信念，那么也必将致力于将课堂营造成交谈、论辩和共享的空间，而不是向学生提供"一系列供下载和剪切粘贴的事实"。

由此可见，文学之所以重要，是因为它能与我们携手把公共与私人空间的交往、对话变成更好的样子，把教育变成更好的样子。在这个充满喧嚣、自大、偏见、仇恨的"后真相"时代，或许没有什么行动比通过文学重建我们的日常生活更有意义的了。

但汉松

第一章

什么是文学?

* * *

Hello. Excuse me. Can you tell me where I am?

[She waves]

In our country, this is the way we say hello

It is a diagram of movement between two people

It is a sweep on the dial

…

Hello. Excuse me. Can you tell me where I am?[1]

您好,打扰了。您能告诉我,我这是在哪儿吗?

[她摆了摆手]

1　Laurie Anderson, *United States* (New York: Harper & Row, 1984).

在我们的国家,这就是我们打招呼的方式

这是一种发生在两个人之间的活动的图示

这是拨号盘上的一拭

……

您好,打扰了。您能告诉我,我这是在哪儿吗?

这段欢迎辞出自美国先锋艺术家劳瑞·安德森（Laurie Anderson）；它是一首诗,但也是一首歌和一场表演（诗人像拂拭拨号盘一样摆动她的前臂）。它是文学吗?

没有人知道真正的答案。关于文学之为何物,我们都有一种依稀而朦胧的印象,可是一旦我们想要把它坐实敲定,想要给它一个定义的时候,文学仿佛总会悄然溜走。

例如,有人认为文学只是"编造出来的",或者仅仅是指虚构的小说（fiction）。可是,基于历史记载而展开的书写又该怎么算呢？希拉里·曼特尔（Hilary Mantel）的历史小说都取材自真实的事件；很多当代的剧作家也在他们的"纪实"戏剧中使用新闻采访或政府报告中的原文。再则，小说（fiction）这个词本来也并非只有非真实的意思：它源自拉丁语*fingere*，意思是"塑造、制作、构型"。每一名写作者，不论其为记录一项实验的科学家，还是撰写一则演讲稿的政客，又或者是起草一份电话使用说明书的写手，他们都在选择并塑造着各自的文辞。而如果说，文学为我们讲述的是关于我们自己最重要的那些方面，是我们真实的境遇，或者，比如说，恋爱是什么样的感觉，那么当它们出现在一首诗或一篇小说里的时候，就不真实了吗？

再举一例。有一种观点认为：凡是文学，都在讲述故事，运用叙事。首先，被我们视为文学而没有运用叙事的文本，数不胜数：抒情诗就不讲故事；大卫·马克森（David Markson）的小说《这不是一本小说》（*This Is*

Not a Novel, 2001）则是由一系列陈词组成的，这也是一个例子。反过来说，还有一些文本，它们虽然运用了叙事，我们却不把它们当作文学：对于一项科学研究的讲解就是一则叙事。讲故事不归小说独有，所以无法定义文学。或许，文学只是书写？这也不一定。比如，如果我们把诗人发出哭喊的噪音或表演一种姿态也纳入进来，或者我们也可以想一想沉默在舞台上扮演的角色；还有一些"图像小说"，结合了文本和图画；还有一些电脑游戏，常常因为跟小说太像了，所以被称作"游戏小说"（ludo-fiction）。再说，书写本来就比文学的范畴更大。还有一种观点认为，文学仅仅意味着"伟大的书写"（"大写的文学"）。但是，正如我在后文的讨论中所说，一篇文学作品何以"伟大"，何以成为"每个受过良好教育的人"的"必读书"（"文学正典"的一部分），其实存在相当大的争议，远非一目了然；而且，一首烂诗，依旧是一首诗。

转向历史，对于寻找定义也没有多大的帮助。"文学"（literature）这个词在英语中的使用是从 14 世纪开始的，最初的意思是指广泛意义上的"对于书的认识"。牛顿的著作在 17 世纪晚期曾被称作文学，但是我们如今已经称它们为科学了；同样的变化也发生在哲学、历史及其他著作领域。18 世纪中期，人们开始根据不同的类型把书写进行分类，直到那时，"文学"才获得了我们如今把它感知为小说、诗歌和戏剧的模糊含义。如通常一样，从语法术语到动物种类，我们用来定义事物的类别，总要比事物本身迟到许多。

定义意味着限制：这正是该词的本义，源自拉丁语 *finis*，意思是终点、结束和完成。但是文学似乎是没有限制、无穷无尽的，而且，因为每种作品都会激发一种反应——愉快、兴奋、痴迷、厌倦、愤怒——它总归永远都是未竟之事。在文学身上，我们通常使用的分类法似乎就是行不通，总会发现特例、遭遇棘手的情况或者举出不合适的例子。

而且，问题不止于此。当你阅读的时候，你从来不会遇见抽象意义上的"文学"：你遇见的是一个特定的文本，理想情况下，是一个能够俘获你的文本，比如一本 J. K. 罗琳（J. K. Rowling）或托尔斯泰（Leo Tolstoy）写的小说，或者一首鲁皮·考尔（Rupi Kaur）或西尔维娅·普拉斯（Sylvia Plath）写的诗。某部特定的文学作品对于你而言很重要，其中的原因是更容易解释清楚的（也许，你与主人公有共鸣或者对他们的境遇感同身受，或者也许，你的妈妈给小时候的你读过它）；而要解释"一般意义上的文学"为什么重要，就没那么容易了。正因如此，才会有些人煽风点火地说文学（指"一般意义上的文学"）甚至根本就不存在。

于是，就在这本煞有介事地取名为"文学为什么重要"的书的开篇，我们便发现自己有点儿迷失了（打扰了。您能告诉我，我这是在哪儿吗？）。如果我们对于何为文学只有一种朦胧的感受,怎么可能清楚它为什么重要呢?

我认为,想要通过给文学下定义来接近这个问题的答案,那是走上了一条错路。那是在使用一种科学家给自然界进行分类或者律师给一切事实盖棺定论的方式。这些方式的取径恰恰错过了重要的部分。古希腊哲学家亚里士多德在他的著作《诗学》中说,诗的起源是再现或摹仿(希腊语是 mimesis),而"从孩提时候起人就有摹仿的本能":我们热爱摹仿,而且我们自然地"从摹仿的成果中得到快感"(20;《诗学》,陈中梅译,商务印书馆,1996年)。《诗学》中有很大一部分像是一本指导诗歌与戏剧创作的"指南"。希腊人持有的文学观与我们的迥然有异,但我们还是可以吸收亚里士多德的这个观点,即文学并非一成不变的惰性之物,而是一种我们做出的行为或者工艺。文学更像是一个动词,而不是一个名词。享受一场散步跟在地图上追循一条线路,不可同日而语;欣赏矮树篱的花朵跟知晓它们的植物学学名,也是截然不同。享受与欣赏也许很难定义，但却是真实的。

因此，我想采用一种与科学家或律师的取径有别的、更具同情心的方式，来思考文学为什么是重要的：这条途径旨在表达的是行走，而不是地图，把焦点集中在欣赏之上，而不在玻璃后面干燥的标本之上。这种方式并没有牺牲精确性：恰恰相反，就如法律术语界定法规和数学符号描述原子运动一样，我也打算选择一种与处理对象最匹配的方法。为了探索文学为何物以及它为什么重要，我将运用一种凡是读过一本故事或一首诗的人都不陌生的文学手法（literary technique）。我将为文学提出一个隐喻，继而探究其意义及后果：这是一种文学批评式的分析。我在第二章会详细地讨论到，隐喻是思想的工具。所以，比如，当一位诗人写下"我的爱是一枝玫瑰"时，它引向的想法是，爱是美丽的（像玫瑰），但它也会随着时间的流逝而褪色和朽败（因为，像所有的花一样，玫瑰也会凋亡）。在开篇所引的劳瑞·安德森诗句（"一种发生在两个人之间的活动的图示")的启发下,我提出如下隐喻:文学是一种鲜活的交谈。使用这个隐喻,我们便可以开始理解文学为什么是重要的了。

这个隐喻撑起了关于文学的诸般言说。阿兰·本内特(Alan Bennett)在他的知名剧作《历史系男生》(*The History Boys*,2004)中塑造了一位与坦率和直白搭不上边儿的英文教师赫克特(Hector)。他说:

> 阅读中最美妙的那些时刻,就是当你遇见了某样东西——一个想法、一种感觉、一类看待事物的方式——你曾以为那只是专属于你的特别之物,可是现在,它被另外一个人付诸笔端。这个人与你素昧平生,甚至离世已久。这感觉就仿佛有一只手伸过来,握住了你的手。[2]

---

2 Alan Bennett, *The History Boys* (London: Faber& Faber, 2004), p.56.

我稍后还会谈回这一段，可它就此表明了"文学是一种鲜活的交谈"这一观点的一个关键且显著的方面，即文学是一种交流。我们通常认为，交流只不过是数据从一点到另一点的传输，但这其中其实隐含着更多的内容。交流需要至少两个人（一只手伸过来，握住了你的手）、一种语言和一种媒介（书籍、符号、灯光、空气中声音的振动甚至还有表情）。如果不清楚这些内容，我们甚至连"你好"都理解不了：正如每一片最微小的数据都能为我们提供关于它所由来的人群、社会和世界的大量信息一样，即使是文学中最小的一个碎片，它也依赖并以某种方式显映着一个完整的世界。

你在与朋友聊天时，谈到任何东西都是可能的，同样，文学也可以关乎任何事物。正如我之前所说，这便是文学难以定义的原因之一。它可以是关于他人的讲述，把一个人鲜为人知的部分讲给你听；它也可以讲整个社会与世界。它可以震惊你、煽动你，可以让你感到惊奇、为你带来消遣，也可以鼓励你改头换面、诱惑你腐化沉沦。文学可以关乎重要之事：始与生、真与假、善与恶、死与终。可是它同样可以涉及不重要乃至不存在之物：神话人物、独角兽、美人鱼。

事实上，文学使事物重要。这正是它的奥秘之一。哈姆雷特不可思议地打量着那个正在为神话中的王后赫卡柏之死和特洛伊城之陨灭而哭泣的演员："赫卡柏对他有什么相干，他对赫卡柏又有什么相干，他却要为她流泪？"[3]（朱生豪译本：第二幕第二场）同样，一场关于小精灵多比的讨论，也能使一代读者潸然泪下。把文学视为一种交谈，能够助我们探索这一奥秘。在交谈中，我们"提出一个话题"或者"把问题摆上台面"，这些话题或问题或者与我们息息相关，或者对于我们意义非凡，我们以这种方式展现出我们的自我。有时候，在与他人

---

3 William Shakespeare, *Hamlet* II. 2.

交谈（或者甚至是默默地与自己谈心）时，我们得发现自己从前未知之物，或者重构自己以某种方式已然了解之事，才能谈论它们。文学也是如此：跟交谈一样，它揭示未知，提出已知，把事件、经历和想法付诸语言，从而赋予它们意义。

而这种揭示的进程并不是无形的。我们之所以说"展开交谈"，是因为我们在展开和塑造自己所说的内容。在这个过程中，我们所凭借的不仅是所选词汇的内容，还有，比如说，我们采用的语气：也就是形式。我们说"你好"时，可以愤怒地说、和蔼地说、亲切地说、讽刺地说，等等。在交谈中，我们如何说某事与我们说什么同样重要。这一点之于文学尤为真切：形式与内容同样重要——甚至更加重要。形式具有意义：了解文学就是了解形式。举几个简单的例子：一首史诗，不论是《失乐园》还是《权力的游戏》，都要通过很长（很长）的长度来展现其重要性；相比之下，一首十四行诗则是通过它的简约性来展现其精妙性、控制力与风格。英国泰斗级批评家特里·伊格尔顿（Terry Eagleton）就这两点做出了说明——关于文学如何制造意义以及形式的本质。他清晰直白地写道，诗歌"不仅是关于某一体验的意义，也是关于这一意义的体验"[4]（《文学阅读指南》，范浩译，河南大学出版社，2015年）。

与某人谈话是一项创造性的活动：说到底，交谈就是一种发生在人与人之间的即兴创作。所以使用"作为一种鲜活交谈的文学"这一隐喻，意味着创造力不只存在于文学作品之中，或者仅仅存在于一位知名作家的脑子里，也存在于我们，亦即读者之中。文学的创造力是共享的，这正是因为，文学是一种活动。上文中由赫克特描述的美好画面，在此出现了瑕疵：在阅读中，有一只

---

[4] Terry Eagleton, *How to Read Literature* (New Haven, CT: Yale University Press, 2013), p.192.

手伸了过来，没错，但是你也得伸出手去握住它才行。这就意味着，文学不仅与书架上的图书有关，它还关乎你对这些图书的思考、响应、书写和谈论；而这番交谈可以包含多位说话者，他们争辩、讨论、思考一场共享的交谈，不仅仅是"一种发生在两个人之间的活动的图示"，而是发生在多人之间。此外，这种创造力不仅限于课程或图书馆：我们在日常生活中无时无刻不在使用和响应"文学手法"——修辞、隐喻、悬置、故事。也许，演说与故事就是我们婴儿时代的第一批创造物——正如亚里士多德所见，摹仿是我们天生的能力——所以既然我们都是交谈方面的专家，那么我们往往也已然是创造、响应、聆听和评判文学的专家了。这意味着文学并非什么魔法之物，也没有与日常生活截然分开：它既没有，也不应该（不管人们怎么说）被奉为神祇。

就像一场谈话一样，你对于文学的创造性响应来自于你的思想、心灵、感觉，来自于你的过去和你对于未来的希望。但是，你自然也会随着时间变化，而随着你的变化，与你交谈的文学也会变化。小说《金色笔记》（*The Golden Notebook*, 1962）是诺贝尔文学奖得主多丽丝·莱辛（Doris Lessing）的佳作，这本小说的序言，是关于文学与阅读的最好表述之一：她在其中说道："请你记住，在你二三十岁的时候，让你感到厌倦的书，等到你四五十岁的时候，将为你打开新的大门——反之亦然。不要在不合时宜的时候阅读一本书。"5 作为一种鲜活的交谈，我们与一本书的关系是在变化的：阅读是一个过程。我们对一本书做出响应，一本书也会对我们做出响应。阅读和学习文学是某种"调和"（attunement），就像一种乐器塑造一段音乐，而一段音乐也塑造了那个乐器。当然，这就是说，所谓了解文学，与仅仅知晓有关

---

5 Doris Lessing, 'Preface', in *The Golden Notebook* (London: Harper Collins, 2007), p. 18.

如作家生卒年和第三章中发生之事等事实，或者阅读维基百科上的摘要，还是有所不同。了解一部文学作品，是要把它视为一个过程来经历，而不是——虽然有时候给人的感觉是这样的——把它视为一个小测验或者考试的答案合集：文学是行走，不是地图。了解水的化学构成，与了解在一场突降的夏日暴风雨中淋透衣衫的感觉，不可同日而语。

在一场正常的交谈中，我们常常会说："请问我们能不能聊一聊这个……？""我跟不上了，我们为什么讨论那个……来着？""我这么说的意思是……"交谈，特别是长时间的交谈，一个至关重要的组成部分，是其对自我进行反思和评论的能力。文学也对自身进行反思。关于这一点，有一个最有名的例子，来自乔治·艾略特（George Eliot）的小说《米德尔马契》（1871—1872）（作家弗吉尼亚·沃尔夫 [Virginia Woolf] 贴切地把它描述为一本"了不起的书，抛开所有瑕疵不论，它是英国小说中鲜有的一本写给成人的书")。⁶ 叙事者告诉我们说,一面镜子"给使女擦了一遍,就会出现许多方向不一的、细小而多样的纹理"(《米德尔马契》,项星耀译,人民文学出版社,1987 年),但是如果你把一支蜡烛放在它的前面,"那些纹理就会形成一系列同心的圆圈,环绕在那个太阳周围"。⁷ 那只蜡烛"产生这种同心圆圈的惊人幻象",而且,用她的话说,是我们与世界上的事件和他人打交道的一个"比喻":我们看到他们发光点亮,看到他们相对于我们位置所作的排列,只能是通过我们自我中心的考量。这便是《米德尔马契》的主题之一——人物角色(以及我们自己)利益的局限性;可它同时也是一种关于这本书本身的"比喻",告诉我们,当不同人物的人生与感知照亮交错编织的事件之网时,这本书

---

6 Virginia Woolf, 'George Eliot', *Times Literary Supplement*, 20 November, 1919.

7 George Eliot, *Middlemarch* (London: Penguin, 1994), p.164.

希望如何被阅读。对于某些人而言波澜不惊的事件，对于其他人而言可能意义非凡，这都取决于他们自己手中蜡烛的光线。大多数伟大的作品——有些批评家说是所有伟大的作品——都含有这一类时刻，它们在此时告诉你，它们希望如何被阅读和理解。这并非仅仅是一种现代的发明。在荷马的《奥德赛》第八卷中也有这样一个惊艳的时刻，史诗中的英雄奥德修斯在伪装下听到了一首歌唱他和他的同伴们的诗歌：他用一块斗篷蒙住了自己的头，大哭不止。我们作为观众，看到了诗歌对于主人公产生的冲击，同时，因为经验的相通，我们也看到了诗歌对于我们自己产生的作用。

交谈存在于时间之中：它们来自之前说过的话，发生在现下，塑造你的未来。文学作品也是如此，而并非如狂热的爱好者们有时候提出的那样，不受时间的约束而又"时间满满"。或许，这其中最为凸显的意味仅仅是一部文学作品过去的语境或年代。在上面乔治·艾略特的例子里，我描述了一面刮出纹理的"镜子"。她在这则比喻里实际上写的是置于有关光学的科学实验语境下的"穿衣镜，或者一大块光滑的钢板，给使女擦了一遍"：这是一个几乎不可辨识的客体（现在谁还用一个打磨抛光的钢板做镜子？），同时也处于一个不同的社交网络之中（谁还在雇佣女仆？）。同样，在所有的莎士比亚戏剧中，我们都能看到他对于内战的恐惧和对于他所处时代的深刻担忧。对于文学作品起源语境感兴趣的批评家们常常被称为历史主义批评家。（我会在下一章介绍他们名义上的对立面，形式主义批评家。）

文学源于过去的植根性（rootedness）也经由文学影响的观念而存在。作家们在修订和重构他们的故事、主旨、语言、形式以及他们选择的任何东西时，经常会追溯一条影响过他们的作品"族谱"（但是注意了——作家们在谈及谁影响过他们时，经常不说实话！）。詹姆斯·乔伊斯（James Joyce）的小说《尤利西斯》（1922）

借用了荷马笔下英雄奥德修斯的史诗故事,并把它挪为己用,植入他自己所处时代的爱尔兰,由此既改变了我们对于英雄为何物的看法,也改变了我们对于史诗的认知。这条文学影响的"族谱"还经由文类而根植于过去之中。文类就是类型的意思:复仇悲剧、爱情诗、侦探小说。文本常常会对它们的文类先祖做出反应或者回复,这使得"文学作为交谈"这一隐喻尤为清晰起来。在侦探小说这一文类下,阿瑟·柯南·道尔(Arthur Conan Doyle)的夏洛克·福尔摩斯身材高挑、充满活力、瘦削、强壮、肌肉发达。作为回应,阿加莎·克里斯蒂(Agatha Christie)的马普尔小姐就成了一位外表温顺无害的老妇人,她常常(故意地)退入背景之中;她是对福尔摩斯的一个回应(或者,也许甚至是一种斥责)。对比之下,美国作家奥古斯特·德尔斯(August Derleth)创造了一个几乎跟福尔摩斯一模一样的角色,索拉·庞兹(Solar Pons,他住在普拉德街7b,不是贝克街221b;他的朋友是帕克医生,不是华生医生;他的兄弟是班克罗夫特,不是麦克洛夫特)。这没什么问题(文学可以关乎任何事物),可是你希望在一场交谈中一遍又一遍地听同一句话吗?有时候,这种"族谱"的观念可以膨胀到覆盖一种传统或者国家观念:我们会说到英国文学、肯尼亚文学、日本文学,等等。但是,正如一场交谈可以跨越时空展开,文学也不独属于一条有限的国界或时间。它存在于一种"非标准的时空"[8]中。这场交谈可以流动到它想要去的任何地方,而对于那些看起来热衷于限定它的人,我们也许应该提高警惕。

如果一部文学作品拥有一段过去,它也同样拥有一个未来。作家们有意识或无意识地对他们自知所处的世界做出反应;剧院、电视和电影导演们改编剧本以回应

---

8 Wai Chee Dimock, 宋惠慈, *Through Other Continents: American Literature across Deep Time* (Princeton, NJ: Princeton University Press, 2006), p.4.

时下的忧虑；而你作为一名读者，就如同"穿衣镜"中的那根蜡烛一样，在看待阅读的内容时，也难以不受缚于其与你自身的关系。任何文本，即便是来自远古的过去或者杳渺的远方，都存在于现在的语境当中，而你已经是文学的现在了：你已经开始了。对它说话吧。只有对它讲话，文学的未来才会成为现实。没错，做出创造性的反应，是作家的责任，但它同样也是读者、改编者、听众、演说者、收藏家、教师及一众人等之责。你不知道一个文学文本会走到哪里，会引向何方。

理想而言，一场真正的交谈是自由的。它不偏不倚，也不触及焦虑，它不是由命令或者指令构成的，不是一段乏味的解释说明，也不是在用语言进行欺骗或者施行权力。一场理想的交谈是每个人都能发言的场合；而这并非总能如愿达成。尽管如此，当我们跟某人说话的时候，我们总是在以某种方式宣明我们与对话者的平等地位。因此，文学不仅仅可以关乎任何事物且无法加以定义，而且它还应当是一场发生在平等主体之间的谈话，你在其中可以自由地发表任何言论。这种与自由的关系带来了某些后果。其中之一尤其适用于学生和教师，（又是）被多丽丝·莱辛强调了出来：她提出"阅读只有一种方式，就是在图书馆和书店浏览，捡起那些吸引你的书，只读那些，而当它们让你感到厌倦之后，就把它们丢掉，跳过拖拉的部分——而且绝不要、绝对不要因为你觉得应该读或者它是一场潮流或运动的一部分而去读任何东西"[9]。作为一名职业的文学教师，我对于这个明显正确的建议感到有些不知所措：我的学生显然应该阅读那些我们计划共同阅读的书，可是我也明白，如我将在后文讨论的那样，强迫某人去读一本小说或者一首诗，可以对这次经历造成改变。

9　Doris Lessing, 'Preface', in *The Golden Notebook* (London: Harper Collins, 2007), pp.17–18.

可是这种自由还带了一些更为广泛的后果：在文学与我们如何生活以及共享这个世界之间，亦即政治与文学之间，建立了深刻的联系。正因为限定文学的范畴或形式是不可能的，所以极权主义统治者才要取缔文学，处决作家（以及读者）的情况才会如此常见。萨尔曼·拉什迪（Salman Rushdie）写道："创造性的过程更像是一个自由社会的过程。很多态度，很多关于这个世界的观念，都在与艺术家们颉颃缠斗，而艺术作品正是于这些摩擦中诞生的火花。这种内在的多重性，在很多时候艰难到让艺术家难以忍受，更别提去解释了。"[10] 如果这是对文学交谈中作家的真实描述，那么把它放在读者身上，也同样成立。波兰籍诺贝尔奖获得者切斯瓦夫·米沃什（Czeslaw Milosz）写道，诗歌让我们想起：

10　Salman Rushdie, *Step across This Line: Collected Non-Fiction 1992–2002* (London: Vintage, 2003), p. 232.

> 保持一个人独处有多么困难,
>
> 因为我们的家门是敞开的,门上没有钥匙,
>
> 而看不见的客人出出进进,随心所欲。[11]

这与"凡是文学皆为政治"的观点十分接近,但是还有一点儿差别。乔治·奥威尔(George Orwell)得出结论说,所有的艺术,所有的文学,都是一种宣传,是一种政治工具;相反,法国作家布朗肖(Maurice Blanchot)却指出,从政治的角度出发,则文学不是政治的敌手。虽然看似矛盾,但是两个人都没错:文学是有一点儿像一场秘密的低声耳语的交谈,只对你一个人说话;但是与此同时,它还有一点儿像一场政治演说,某种公开的、共享的、供人言说和争论的东西。话又说回来,这

---

11 Czesław Miłosz, 'Ars Poetica?', trans.Czesław Miłosz(切斯瓦夫·米沃什) and Lillian Vallee(莉莉安·瓦利)(https://www.poetryfoundation.org/poems/49455/ars-poetica-56d22b8f31558).

种同时存在的二元性又是文学无法定义的原因之一。而且，一个显而易见的真相是，文学拥有以任何方式言说任何事物的自由，而又同时具有私人性与公共性，这必然让意图控制我们的公共与私人世界的暴君和极权主义者们感到不适，这种不适感既针对作家，也牵连读者。

但是我们还是应该小心。如果文学就像是一场鲜活的交谈，那么和一场交谈一样，它也面临着政治问题和风险。我们知道，我们可以排挤别人，侵犯别人，拒绝聆听，忽视别人，只听到我们想听到的内容。如果交谈是鲜活的，那我们就有能力杀死它。一场得体的交谈是一种发生在平等主体之间的开放式交谈，而如果文学是一种交谈，那我们就得保证它不是排外的。我很好奇：说一个人没有被这场交谈所接纳，或者说被排除在这场交谈之外，意味着什么？或者说，什么叫只能展开最简单的交谈？还有：说你把自己从这场交谈中剥离出去，又是什么意思？（我在第三章中会探讨。）讽刺的是，把人们从交谈中排除的一种方式,正是把文学奉为神祇,并加以过分的赞美。我之前提到过"文学正典",这种观点认为,存在一份人人都该阅读的著作的清单。粗略地说,正典是文学中最具争议的论题之一,因为就是在此处,文学价值("这本书太棒了!")的观念和政治的塑造力量("你应该像这样!")以一种命令的形式凑到了一起("为了变成这样,每个人都应该阅读这本书!")。在这一语境下,人们遇到的麻烦在于,找不到一个判断文学价值的中正立场(你不能突然"步出"社会去判断一个文本),而且,正典中收入与排除的依据也是政治化的,并非总是一目了然。例如,女性或者外国人书写的文本便可以经常缺席。此外,"伟大著作的清单"是在一种惰性中自我组装而成的,而且受到了人们的期待("我们一直在读这个")以及经济状况(一所学校买不起成百上千本新书用于教学,所以反反复复咀嚼那几本一成不变的老书;大多数出版商也不愿意推荐卖得不好的书)

的裹挟。尽管如此,"文学是一场鲜活的交谈"这一观点还是能提供一种应对文学正典的方式。阿兰·本内特笔下的英文教师赫克特有一句座右铭:"传下去"。但是在一场谈话中,我们不仅仅是被动地"传下去"。我们调查、提问、回应,我们还使用自己的创造力。而这正是我们应该用于文学正典之上的做法:我们应该提问,为什么,怎么样,谁;我们应该拷问它,探索超越它之外的可能。

我以上所写的一切全部基于"文学是一场鲜活的交谈"这个隐喻。正如交谈一样,它与交流相关,而且可以关乎任何事物。在一场谈话中,我们所说的东西和我们如何说它都是重要的,同样文学也通过形式来塑造经验,提供意义。同交谈一样,文学的创造力并非来自于单面,而是生发自对话之中,它把我们自己的所有方面都吸纳进来。我们对于文学作品的反应随着年龄的增长而变化。同一场交谈一样,文学并非不受时间的约束,反而是被时间充满：一段过去，它以各种方式显现，包括一部作品的历史语境以及影响和文类的"族谱"；一个现在（它总是在当下被阅读）；还有一个未来（那要靠你，加入这场交谈中）。得体的对话指向一种人与人之间的平等，文学也与个人和政治的自由密不可分。而又如一场对话一样，当我们排挤、拒绝聆听或禁止人们开口讲话的时候，这种平等也能被他人或我们自己轻而易举地毁坏。

我说过，隐喻是思想的工具，而且像所有的工具一样，隐喻也是很有用的：锤子能帮我们盖房子；相机能保存图像。可是，工具也可能带来危险或者误导：锤子用得不小心会伤人，这还好说，更严重的是，拿着锤头的人可能把所有的东西都看成钉子；你手机里的一张照片只是看起来像是完整的画面——可是它不是。因此，"文学是一场鲜活的交谈"这一隐喻同样也掩盖了一些事实，比如书本并不能真的变成活物，它们也不能回答你提给它们的问题：阅读只是像是在说话而已。并没有一只手真的从一个文本中伸出来去握你的手。事实上，这个隐喻绕过了我们作为人类所拥有的最有力的技术之一：书写，跨越时间和空间保存言语和意义的能力。这项古老的技术支撑起我们当代的诸多技术（以及它们的滥用："假新闻"于文学而言已不是新鲜事了）。书写意味着这个隐喻有关"鲜活"的部分变得没那么有说服力了，因为虽然书写仍然是一种交谈的形式（想一想短信、发文或者状态更新），可它仍然不是活的。可古怪的是，作品以书写为载体的事实把我们的注意力引向了这样一个观念：文学的创造力不仅仅存在于著名作家的脑子里，也存在于我们当中。当你阅读一个文本时，不仅仅是作者在对你讲话，仿佛他或她在一股烟雾里现身了，同时，那个文本也在跟你和你创造性的反应展开交谈。

本章使用了一个隐喻，"文学是一场鲜活的交谈"，目的是想全力思考文学得以运行并获得意义的方式。与其说文学提供了一张地图,不如说它更是在努力成为行走本身。实话实说,我对于无法定义文学这件事并没有太大的担忧。有些人会因为定义的缺失而心生懊恼,这代表他们可以感觉到些许的迷失("打扰了。您能告诉我,我这是在哪儿吗?");但是我认为,正是这种不可定义的特质,才让文学得以激动人心、重要非凡,这也是它能够帮助你发现你是谁("在我们的国家,这就是我们打招呼的方式")的原因之一。文学是让事物重要的事物。我们通过文学,通过故事、诗歌,通过对语言富于创造和回应的运用,成为自己。借助对话和交谈的隐喻看待文学,能帮助我们捕捉到这一切是如何发生的,以及它的重要意义。确实,关于人性不断变化的自我理解,我们展开了一场永无休止的对话,而文学正是这场对话中至关重要的一部分——它并不关心我们是什么,而在关心我们是谁。

第二章

研究文学

* * *

这本书的目的不止于解释文学为什么是重要的,还想说明为什么文学的研究也很重要。沿着上一章里"文学是一场鲜活的交谈"这一隐喻,我们已经可以很清楚地看到,文学与文学研究在某种深层的意义上是具有相似性的:它也是由某种对话造成的一类活动,而不仅仅是关于你读过的书的一段被动性的描述。比如,在最深的层面上,文学和文学研究都运用了同样的创造力。也正因如此,斯蒂芬·金在他的写作法则第一条里便写道,如果"你想要成为一名作家,你必须做两件高于一切的事:大量地阅读,大量地写作"[1]。他的意思一方

---

[1] Maggie Zhang, '22 Lessons from Stephen King on How to be a Great Writer', *Independent*, 26 October 2017 (https://www.independent.co.uk/arts-entertainment/books/news/stephen-king-22-lessons-creat ive-writing-advice-novels-short-stories-a8021511.html).

面是在说，为了做好一件事，你一定得关注这件事是如何做成的；另一方面也指出，从根底上说，阅读和写作是同样的一段对话。但是即便所有的阅读都是创造性的，也并非每个人都想成为一名作家，那么我们为什么还要研究文学呢？大学和学院里开设的英文或文学研究学科——以及很多其他紧密相关的科目（例如现代语言学）——除去单纯的阅读，还有什么额外的东西呢？

我想借助一个体育运动的类比（又是一个修辞！）来解释文学研究的样子。[2] 人们每天都在锻炼身体：走路去上班；冲刺追赶公交车。有时候，运动会更正式一点儿：跟朋友们在公园里踢个球；每个星期六的早晨出门跑步；定期游泳。有时候，组织性甚至还会更强——联赛、杯赛——一路向上，直到参加世界杯或者奥运会。

---

2 这并不是一个完全没有道理的类比：我们玩（play）一种运动，我们像孩子一样玩耍（play），我们用"文字游戏（wordplay）"来开玩笑或者打哑谜，我们去观看一场上演的话剧（play）……

追赶公交车的冲刺、绕着社区公园跑五千米和奥运会上的万米比赛都是同一类活动,只不过一个比一个更加正式、强度更高。

与此类似,文学研究也是我们日常活动的一种"强化版本",这种活动的对象便是我们每天使用的语言,还有我们讲述和倾听的故事。[3]每个人都参加体育活动和比赛;正式的体育运动只不过是强化的版本而已。每个人都说话、讲故事、使用语言并对其做出回应;绝大多数人都读书、看电影或看电视:有关这些活动的研究正是对我们日常反应的一种更为正式的版本。[4]你不必非得成为一名国

---

3 Ben Knights, *Pedagogic Criticism*: *Reconfiguring University English Studies* (London: Palgrave Macmillan, 2017), p.1.

4 根据皇家文学会(Royal Society of Literature)2017年的一份报告,英国百分之七十五的成年人都在过去半年内阅读过一本他们认为是文学的作品:《今日英国文学》(*Literature in Britain Today*)(https://rsliterature.org/wp-content/uploads/2017/02/RSL-Literature-in-Britain-Today_01.03.17.pdf)。

家队队员才能跟朋友约一场比赛，也不必非要得到一枚奖牌来彰显你在公园里跑步的乐趣，但是当这些体育锻炼的强度提升之后，各种各样新的挑战和要求也应运而生，在文学研究中，对于阅读的强化也能带来同样的效果。文学研究就像一种体育运动一样，理应是有趣的，但并不一定简单。文学研究是一门技术或手艺（*skill or craft*）：要想做好它，你需要深谙此道，并不断提升自己。而且跟体育运动一样，它也是一种共享的群体性的活动。

文学研究和体育运动不同之处——事实上，也是这一类比失效之处——在于你如何做它的方式。每种体育运动都有达成共识的规则，而且确实还有其他学术科目建立（或许存在争议）的方法论。在文学研究中，并不存在关于规则和方法论的一致共识。事实上，方法论问题恰恰是文学研究领域中争议最大的问题。

关于文学研究方法论的分歧覆盖了整个区间。诺贝尔文学奖得主 T. S. 艾略特站在量尺的一端，他在 1920 年的批评文章中写道,"除了格外聪明之外,没无他法"⁵。而在量尺的另一端,从20世纪60年代至今,一系列批评运动都在竭力尝试把文学研究转化为一种科学,令其遵循一套严格的方法论。就像科学一样,在20世纪60年代和70年代,这些运动旨在揭示故事生产背后的恒定规则以及文字如何制造意义;时至今日,他们已经转向借助计算机的力量或神经科学来分析文本。从"无方法"直到"全方法/科学式/计算机程序",尽管分歧如此之大,在所有这些观点之中还是有某些共通之物。艾略特的意思是,你得从一首诗或一本小说里挑出对你触动最深的东西来思考:没有什么规则或者算法能教你去选择某一面而放弃另一面。与此同时,还存在这样一些事实:你还是可以从基本叙事元素的角度来研究任何一种叙事,不论是英国古诗《贝奥

---

5 T. S. Eliot, 'The Perfect Critic', in *Selected Prose*, ed. Frank Kermode (London: Faber & Faber, 1975), p.55.

武甫》还是卡通片《瑞克和莫蒂》（可以参见人们为故事中所有角色进行分类的方式：主人公、反派、帮助者，等等）；只需要不到一秒钟的时间，计算机就可以搜遍19世纪的所有小说，找到平行文本；而朱蒂·阿切尔（Jodie Archer）和马修·乔克斯（Matthew L. Jockers）也运用数据库技术展示出，几乎所有的畅销书都共享某种"相似的故事线和清晰的三幕剧结构"[6]。

不论如何，我打算提出的观点是，即便没有一种通用的方法，也还是存在一种基本的观念在推动文学研究，而这种观念来自于文学本身，来自于文学研究是对于我们日常语言使用的一种强化这一理念。正如文学就像一场"鲜活的交谈"一样，支撑起所有文学研究的交

---

6 Jodie Archer and Matthew L. Jockers, *The Bestseller Code: Anatomy of the Blockbuster Novel* (London: St Martin's Press, 2016), p. 188. 了解更多关于神经科学和文学的内容，可以参阅丽萨·詹赛恩（Lisa Zunshine）编写的《牛津认知文学研究指南》（*The Oxford Handbook of Cognitive Literary Studies,* Oxford: Oxford University Press, 2015）。

谈也都如此。文学研究的基础是对话的经验与意义。虽然并非每个人都能接受这个观念(还记得吗?方法论是最具争议的问题!),但是我在此就是要为它进行解释和辩护,并毫不掩饰。它对于文学研究确有显著的影响。

作为对话与分歧的文学研究

F. R. 利维斯(F. R. Leavis,1895—1978)和 Q. D. 利维斯(Q. D. Leavis,1906—1981)这对夫妇是英国20世纪最著名、最富洞见和热情的批评家中的两位,而他们便是把这种对话的观念置于他们对文学研究理解的核心。他们心目中文学批评论争的理想形式是由一个关于某个文本的见解开始的:"它是这样的,不是吗?"而理想的回应则是:"没错,可是……"这些讨论没有终极的答案,而讨论的基础并非简单的等式,也没有评价的目的。此外，或许还有一个观点也同样重要，即他们除了自己所说的"生活"(life)之外，再没有其他的动机原则。有些人提出，所谓"生活"，纯粹是故弄玄虚。"生活"是什么意思呢？我所认为的"生活"跟你或者他人所认为的一样吗？利维斯夫妇的后代批评家在回应他们的论述时说，他们所持的"生活"的含义无疑是与他们所处的阶级、种族、地位和时代紧紧绑定在一起的，这不无道理。但是反过来说，即便人们无法给出一个严格的定义，每个人也都多多少少知道"生活"是什么含义。事实上，我对于"生活"的理解与你的版本不同，正是"生活"意义的一部分，因为"生活"是无法被定义的。有关文学的真正的交谈——以及真正的共同学习——就此开始，因为在我的"生活"里，对于我的"生活"来说，一本小说有这样的意义，而对于你的"生活"而言，它又有那样的意义。然而，利维斯夫妇走上了批评家们常走的老路，他们的语气和他们论断的强硬和激烈，为他们招来了文学评论暴君的恶名，这几乎完全掩盖了他们著作中的对话理想。

文学研究建立在合作与对话的基础之上，这一观念不仅限于利维斯夫妇和受他们影响的很多批评家内部。在美国，也发展出了"文学批评是一家合资企业"（Criticism was a joint venture）的意识。美国诗人和评论家约翰·克罗·兰色姆（John Crowe Ransom, 1888—1974）在其颇具影响力的论文《批评公司》（'Criticism, Inc.'，1937）中提出了一种"精确而系统的"文学批评，其"由有识之士集体而持续的努力开发出来"：这是专家级从业者——律师、会计——在集团化公司（题目中的"公司"）中共同协作方式的文学版本[7]。虽说文学确实有作为产品的一面（它毕竟要在书店里出售），可若是说以商业为隐喻是理解文学研究的最佳方式，我还是不能苟同。例如，我在第四章也会谈到，虽然这对于你的职业生涯是有好处的，但是

---

7 John Crowe Ransom, 'Criticism, Inc.', *VQR* (Autumn 1937) (https://www.vqronline.org/essay/criticism-inc-0).

文学研究并不主要创造产品或服务。话虽如此，兰色姆对于合作的认识——而且，理想中，还是那种最好的企业才具备的活跃的、深入思考的、彼此信任的合作——还是触及了对话意识。与此类似，苏联思想家和批评家巴赫金（Bakthin, 1895—1975）也通过研究语言与小说勾勒出一种"对话性想象"。在他看来，文学和日常语言是由人们相互交谈中的多种不同的声音构成的，而自由则通过这些彼此对立矛盾的声音建造并维护起来。他的论述成果指出，那些企图统治这种交谈并——通过呼喝、谴责、排挤——将其彻底压制的人，便是暴君。[8]

---

8 巴赫金（M. M. Bakhtin），《对话想象》（*The Dialogic Imagination*），迈克·霍尔奎斯特（Michael Holquist）编，卡里尔·艾默森（Caryl Emerson）和迈克·霍尔奎斯特（Michael Hoquist）译，Austin: University of Texas Press, 1981。肯·希什考普（Ken Hischkop）在《米哈伊尔·巴赫金：一种民主美学》（*Mikhail Bakhtin: An Aesthetic for Democracy*, Oxford: Oxford University Press, 2002）中对此做出过精彩的评论，而介绍巴赫金思想的优秀著作，则有阿拉斯戴尔·朗弗洛（Alastair Renfrew）的《米哈伊尔·巴赫金》（*Mikhail Bakhtin*, London: Routledge, 2015）。

这种对话意识引发的一个主要影响结果就是，文学研究旨在完成一些与绝大多数学科不一样的事。对于科学以及诸多形式的哲学而言，要点是去开发并达成有关这个世界的具有共识性的论题，然后进而前往下一个问题；而在文学研究中，目标却是促成发展一个关于我们所研究的文本的具有持续性的分歧，从而挖掘、探索以及发展我们各自的自我和独异性。正因如此，F. R. 利维斯才会写道，合作"也许以意见不合的形式出现，而人们也对于那些自己认为值得与其一辩的批评家心怀感激"[9]（如果你觉得这说法奇怪，不妨回想一下，人们在

---

[9] F. R. Leavis, *The Common Pursuit* (London: Penguin Books, 1952), p. 1. 在罗南·麦克唐纳所编《文学研究的价值》(*The Values of Literary Studies*, Cambridge: Cambridge University Press, 2015) 一书中，西蒙·杜林负责的章节"当文学批评重要之时"（When Literary Criticism Mattered）有关于利维斯夫妇的精彩讨论，另外还有一本很好的F. R. 利维斯传记：伊恩·麦克基洛普（Ian MacKillop）所著《F. R. 利维斯：批评中的一生》(*F. R. Leavis: A Life in Criticism*, London: Penguin, 1997)，也对此进行了出色的说明。

做体育运动的时候,既彼此合作,也相互竞争)。如果说文学帮助我们在个体层面上思考自己是谁,那么关于它的强化研究正是开拓了一个更具群体性的、更有挑战的方向。不仅如此,文学研究与其他学科的这种根本性差异,还借由它在对话中的根基,获得了更为广泛的内涵。

作为一种不一样的教育模型的文学研究

认为英文学或文学研究是一种合作性的对话,便意味着这个学科提供了一种关于教育究竟能成为何物以及应当为何物的全然不同的观点。要想最为清楚地理解这一点,不妨来看一看巴西教育家和活动家保罗·弗莱雷(Paulo Freire, 1921—1997)所做的重要且充满启发性的功课。他专门探索了对话的重要性。弗莱雷的关键性著作《被压迫者的教育学》(*Pedagogy of the Oppressed*,

1968）通过聚焦教育的结构，完成了对于教育的重新思考与改造：套用文学研究的术语来说，他要求我们在教学的形式上投入与课程或课堂的内容同样多的关注。至关重要的一点是，他把教育的形式（如利维斯夫妇一样）与伦理以及（与利维斯夫妇不同）权力关联在一起。

弗莱雷认为，教育通常都遵循他所谓的"银行储蓄"模型：信息仅仅是被教师"存储"在学生的脑子里，就像我们如今所说的"下载"信息一样。银行存储（或下载）模型假定学生只是待填充的空水桶（或者存储芯片）；他们的头脑是空的，没有什么可以带到课堂上来；他们对于被教授的内容和形式都没有选择权；教师是行动者，而学生是行动的接收方；教师是拥有知识和权威的人，学生只需要接受即可。如果我们把一堂课想象成一个含有主语、宾语和动词的句子，那么就是"教师（主语）教（动词）学生（宾语）"。在这个教育的银行储蓄模型里，课堂的主语是教师，学生只是宾语：教师把课堂做给学生。弗莱雷写道,这种教育的银行储蓄概念假定人类是——

> 可改造的、可管理的生命。学生越是努力存储交托给他们的储蓄金,他们就会越少地开发批判意识,而后者正是他们作为世界的改造者对于那个世界的干预。他们越是彻头彻尾地接受强加给他们的被动的角色,越是倾向于仅仅是适应世界本来的样子,并接受交付给他们的关于现实的支离破碎的见解。[10]

这种教学形式把学生变成被动的信息反刍者,而不是他们自身教育的主动参与者。(让我们暂缓片刻,想一想这究竟有多么古怪:下载或银行储蓄模型意味着学生并不是他们自身教育过程中最重要的人。)

---

10 Paulo Freire, *Pedagogy of the Oppressed*, trans. Myra Bergman Ramos (New York: Continuum, 1997), p.54.

对比之下，弗莱雷提出了一个十分不一样的教育模型：根据我前面所写的内容，你应该可以猜到，他坚持认为，教育必须是一种对话。真正的对话是一种交谈，而不是被命令和呼喝的场合，在这种真正的对话中，参与者在某种意义上是平等的，因而教师和学生都成为了主语。尤为关键的是，这意味着知识不仅仅是被存储或者下载，而是在教与学的过程当中被开发出来的。（弗莱雷写道："这是一种创造行为。"[11]）其实不只是那些被正式盖章为"知识"的东西，所有一切都可以被纳入这种经验之中。不仅如此，"人们正是在发声言语的过程中，通过赋名于这个世界，来进行对它的改造"，而"对话将自己打造成他们作为人类实现生命意义的方式"。[12] 这听起来或许是有些理想化了——事实也的确如此——可

---

11 Paulo Freire, *Pedagogy of the Oppressed*, trans. Myra Bergman Ramos (New York: Continuum, 1997), p.70.

12 Ibid., p. 69.

弗莱雷想要努力接近的,其实是他眼中的教育全部应然的那个核心。他满心渴望的是自己的观点不会僵化成一套定式化的模型,而是可以在不同的语境和话题下被不断地重新发明;接受他的思想不论对于教师还是学生而言,都将迎来不小的挑战。[13]

不管怎么说,如果我们把文学和文学研究也看作一种对话,那么我们就能理解它与弗莱雷关于那个不一样的教育形式的想象图景的核心意象贴合得多么紧密。在一场关于文学的讨论中,每个参与的人,不管是教师还是学生,都把他们自己、他们各自的想法、创造力和理解带入讨论当中,通过对话,共同发明新的知识。我有一位学界友人曾经开玩笑说,每个教文学的人,他的工作都不外乎组织一组研讨会,坐下来,掏出诗或者小说,然后问:"好

---

13 关于这一点有诸多论著,可参阅安东尼娅·达尔德(Antonia Darder)的《重新发现保罗·弗莱雷》(*Reinventing Paulo Freire*, 2nd edn, London: Routledge, 2017)。

吧,下面,我们能用它搞出点儿什么来呢?"这一句轻松的玩笑话却说得正中命门。在教文学的时候,"我们"(整个小组,而不是教师把信息自上而下强加给学生)正是通过与一个文学文本的相遇而"搞出"某些东西来(也就是创造新的知识)。这显然与其他形式的教育截然不同。弗莱雷将教育视为一种对话的观点,听起来是相当理想化的。那么,它在一整套教育系统中,或者在一套课程体系中,如何才有可能真正生效呢?

作为"行动中的知识"的文学研究

美国教育家亚瑟·阿波比(Arthur Applebee, 1946—2015)把这一问题摆在自己工作的核心位置,并以此命名了他最具影响力的著作,《作为交谈的课程》(*Curriculum as Conversation*, 1996)。在这本书中,他不仅分析了作为对话的教与学的面对面过程，还把课程整体作为一场跨越时间的交谈进行了分析，并专门讨论了"行动中的知识"。

如果你在学校里学过英文，那么你的学习必定受到过美国文学批评家和教育家 E. D. 赫希（E. D. Hirsch）的影响，只不过这种影响发生在幕后，可能不为你所知。赫希通过阅读一些精挑细选出来的心理学实验，提出了"背景知识"在文本理解中扮演的关键角色。（他基本的意思是，如果你已经对美国南北战争有过一些了解，那么阅读一本有关南北战争的小说就会更加容易。）由此，他发展出一种颇具影响力的"文化素养"（cultural literacy）观点：如果你已经下载了有关文化的大量事实，阅读理解就会变得更加直接显明。这个观点的影响力不止于美国本土，它还构成了英国前教育秘书长迈克尔·高文（Michael Gove）等人发起的教育改革的基础。这起改革也改变了英国教育的面貌。

阿波比在赫希的观点中辨识出两点主要的问题。第一,赫希有关何种文化是重要的所持的观念"显示出其对于女性、有色人种或任何不属于西方传统的群体的漠视";别忘了,文学可是一种对每一个人敞开的鲜活的对话。[14] 但阿波比也相当公正地写道,这一点很容易弥补,只需要扩充文化认定的清单就可以了。

第二点问题更加严重,但是对于除了教师和学生以外的那些人(比如政治家、时政评论记者等)而言,也更难理解。阿波比指出,赫希的观点也许为学生们提供了一份背景事实的清单,但是这些"信息目录簿非但没有鼓励交谈行为,反倒是让交谈行为陷入困境";因此,与其说"文化素养"帮助学生与文学文本打开对话的大门并参与进来,不如说它"看起来注定要把他们拒之门

---

14 Arthur N. Applebee, *Curriculum as Conversation: Transforming Traditions of Teaching and Learning* (Chicago: University of Chicago Press, 1996), p.90.

外"。[15] 他的意思是：假如你正在研读夏洛特·勃朗蒂（Charlotte Brontë）的《简·爱》（1847），而一个权威人物此时拿着一批有关这本小说及其所处的19世纪语境的史实对你狂轰滥炸，那么这些知识很可能会淹没你自己的反应、想法和理解，让你感到无所适从，而且很可能还会有一点儿心生怯意，仿佛你的所知和所读都毫无意义。你可能不得不以几乎死记硬背的方式去学习这批正式的知识，然而并不能把那里面的条目与你日常的生活联系起来。（你使用某种目录——或者某种网络搜索引擎——是为了搜索某些东西。目录本身只是一套无意义的事实与条目的集合。赋予它意义的是你与它的交互，你的搜索——搜索鞋子，搜索含有机器恐龙的游戏，搜索对于《简·爱》的更深的理解。）

---

15 Arthur N. Applebee, *Curriculum as Conversation: Transforming Traditions of Teaching and Learning* (Chicago: University of Chicago Press, 1996), p. 91.

如果你是一个文学专业的学生,这种常见的经验——作为"下载一份目录"的学习——会给你造成三种伤害。第一,如果有人告诉过你,《简·爱》探讨的是维多利亚时期对于女性的压迫(这就是目录簿里展现出的信息,而且也没有错),那么可以预料的是,这就会成为你关注和谈论的内容。相比之下,这部小说在某些时刻也对这个观点进行过质疑,乃至翻转,可是这些时刻却落在了你关注的焦点之外,甚至完全隐而不见了,这是因为,你已经把全部的目光都聚焦到一处,只是为了让这本小说契合目录中提供的信息。(提示:文学逃离定义,所以目录旨在精准定义的东西正是不容易定义之物。)讽刺的是,很多考试材料,甚至包括美妙的维基百科(说到底,它就是一本百科辞典,一部知识的目录),都恰恰是在给这个问题火上浇油。

第二,创造出一个必须下载或存储的独家专业知识,意味着其他任何有可能拿来帮助你理解这本书的东西(你看过的电视剧、同类的书籍、你想到的模因、漫画——真的是任何没有收入目录的东西)都会因此而被视为无足轻重、无关紧要了。这当然是不对的：对于文学的理解关乎你知道的一切以及你的全部。

第三，在我看来也是最严重的一点，你会因此而变得无关紧要。《简·爱》讲了一个女孩的故事，她生长，上学，受到欺侮，为自己出头，结交朋友，成长为一个女人，找到工作，而后陷入爱河。这些生活经历或场景，有很多都是与我们共享的，而当我们阅读这本书的时候，我们就是在同它们展开对话：这些应该成为你解释小说、与小说对话、同小说一起生活并把它变成自己的经验的方式的一部分。如果有人告诉你，《简·爱》只是加了情节反转的"维多利亚宗教对话叙事"的一个例子，这当然也有趣，可是它并没有同你展开交谈，而恰恰只有小说与你的交谈，才能让文学及文学研究产生意义。

阿波比并没有（像某些教育者曾表现出来的那样）将"文化素养"这个观点视为敝屣：我们显然有必要了

解某些事实知识,而且教授给你的课程设计的内容也是重要的。但是——还是借用文学研究的术语来说——过分关注内容即意味着我们没有对形式投入注意。文化素养是一种教育快餐:烹饪简单,供应廉价,没有什么真正的营养,通常不经消化便被吐掉或排出。与之相反,阿波比想要强调他所讲的"行动中的知识":你如何把你自己和你全部的正式及非正式的知识带入你的学习当中;你如何对学习做出反应;还有那个观点,即学习是一种共享活动,而不仅仅是一系列供下载和剪切粘贴的事实。另外,配合着"文学是一场鲜活的交谈"这一隐喻,文学研究还必须是一种共享的、对话式的活动。

作为手艺与活动的文学研究

我们可以通过观察文学研究的两个"亲手操作"的

方面,来理解它的这种对话属性以及"行动中的知识":第一个方面是一门通常被简称为"隐喻识别"(metaphor-spotting)的手艺,它有时会在学校里以及考试和"测评目标"(Assessment Objectives,一种量比的评价体系——译者注)里得到明确的鼓励;第二个方面是通常被称为详细分析、实用批评、批评式阅读或"看不见的文本"的活动——更恰切的叫法,是文本细读(close reading)。以上二者都不属于方法论。第一种更像是一种技术或手艺,因为你要学会如何去做,而且你还可以提高、进步,就像任何一门技术一样。第二种是一种活动,因为它真的就是一种共享的、集体的行动。

"隐喻识别"的手艺

文学研究专业的学生通常要学习"隐喻识别":学习

如何识认并摘出隐喻。他们就像是拎着采集箱到乡间采摘野花的植物学家。说起来，把鸦蒜、山楂、金银花、薰衣草、三色堇、墨角兰、万寿菊、报春花、铃兰、勿忘我和甜菜菜转变成量化的生物学样本，这看起来有一点儿缺乏爱心，可这也许是在成为一名植物学家的过程中必然经历的一部分（而"作品集"[anthology]这个词的本义正是收集的花束，而现在用来指人们收集的文学文本）。但是对于文学研究专业的学生来说，这一过程引向的是一个非常错误的观念，即诗歌是一种基本的信息，可以添加花朵装饰，而他们的任务仅仅是为花朵分类。这——几乎——是完全错误的方式，彻头彻尾，本末倒置。

隐喻无处不在：我们的日常语言就充满了"修辞"（figure of speech）或者（更正式的说法）"转义"（trope）。"转义"这个术语最初起源于古希腊语 tropos，意思是"转"（turn），它现在用来表示一个语言转离其字面意义的时刻。我们无时无刻不在使用转义。(来吧,请看!说"无时无刻",从字面意义上看并不是真的。我真正的意思是:我们经常使用它们。"无时无刻"是一种被命名为"夸张"的转义,后者的意思是"一种程度极高的夸大"。)隐喻把一件事理解为另一件事:说"激情的热度",就是从一套观念中取出一个概念(温度)并把它翻译成另一种概念(情绪)。说激情是炽热的,这已经成为一种陈年套话,以至于我们几乎不再能识别出它是一种隐喻了:它已经成为了一个死亡的隐喻(就像"无时无刻"一样)。但是诗的语言就是要以异乎寻常的方式对语言进行陌生化(defamiliarize)。请看古希腊诗人萨福的诗句:

> 只要看你一眼,我立刻失掉
> 言语的能力;
> ……

像火焰一样烧遍了我的全身。[16]

同样的隐喻(爱 = 热)突然之间变得陌生了,优美而有力:火焰烧遍了全身。乔治·莱考夫(George Lakoff)和马克·约翰逊(Mark Johnson)在他们合著的《我们赖以生存的隐喻》(*Metaphors We Live By*, 2003)一书中提出,不管是鲜活的文学还是日常的死隐喻,都依赖着他们所说的相当广义(这一点极少被注意到)的基础性概念隐喻。[17] "激情的热度"和"像火焰一样烧遍了我的全身"都基于"爱是热的"这一认识。这些基础性概念隐喻无处

---

16 Sappho, 'Fragment 31', trans. Julia Dubnoff (http://www.uh.edu/~cldue/texts/sappho.html). 把余下的部分读完,只需要十分钟的时间。

17 George Lakoff and Mark Johnson, *Metaphors We Live By* (Chicago: University of Chicago: University of Chicago Press, 2003). 此外,在这一语境中,还可以参阅乔治·莱考夫(George Lakoff)和马克·特纳(Mark Turner)合著的《冷静理性之外》(*More Than Cool Reason: A Field Guide to Poetic Metaphor,* Chicago: University of Chicago Press, 1989)。

不在：存在于我们所有的语言、媒体、修辞和文学中。事实上，这些"概念隐喻"搭起了我们的思维本身的结构。

当然，识别这些隐喻是一门手艺。例如，表盘时钟就是一种视觉隐喻：它使用表盘上一个小时与下一个小时之间的空间作为一种时间的隐喻，以此测量时间。一旦你理解了这一点，那么"作为空间的时间"这个基础性的概念隐喻就突然间变得无处不在了。把人生描述为一段旅程就是在讲述"作为空间的时间"。

可是，当隐喻的重要意义变得更加清晰的时候，这种"隐喻识别"的手艺也随之变得更加重要了。当代科学哲学家丹尼尔·丹内特（Daniel Dennett）写道："隐喻不仅仅是隐喻；隐喻是思维的工具……所以，以手头最好的一套工具来武装你自己，就很重要了。"[18] 我们使

---

18 Daniel Dennett, *Consciousness Explained* (London: Penguin, 1991), p.455.

用隐喻来表达我们的思想。再借用一句萨福的话："你把我点燃。"[19] 可我们还用它们来扩展我们的思想：炽热的爱可以变冷；一堆火需要添柴。意义更为重要的一点是，我们还使用隐喻进行创造性的思考：如果我的爱如火，那么它是（像冷夜中的篝火一般）温暖而舒心，还是（像不受控制的森林火灾一样）狂野？我们还会用它们进行判断：火是有益的，但同时也有危险。我会灼伤我自己吗？我会烧到其他人吗？隐喻还会偷偷走私观念（这正是"文学是一场鲜活的对话"在上一章中的所作所为），趁我们不注意的时候抓住我们：法国哲学家雅克·德里达（Jacques Derrida）就曾对它们的"隐喻暴力"（metaferocity）做出过警告。火，不管是可控的还是狂野不羁的，都不会持久；火吞噬万物；但是我们需要火来

---

19 Sappho, 'Fragment 11', trans. Julia Dubnoff（见注释16). 以及，这就是此残篇的全文了。

维持生存。

对于英文研究而言，这意味着当你学习隐喻识别这门手艺的时候，你其实不是在学习如何从一列矮树篱中挑出某一朵花来，而是通过摘取那朵花，把你的注意放在围绕在我们四周的整个生态系统之上。打个比方说，假如那是一朵报春花，那这朵报春花只不过是这个生态系统的一个微小的样本而已。一个隐喻，可以打开你以及你认识的每个人的生命中所有的语言、文学和日常。不仅如此，你还在拿着这些工具构建和改造着你的世界。人们的思想是由这些基础性概念隐喻所塑造的：学着理解它们和使用它们不但能帮助我们理解我们自己，还能帮我们理解他人并与他们交谈。

文本细读的活动

如果理解隐喻是一门手艺，那么文本细读——以极端详细的方式审视文本——则是文学研究最重要的活动之一：这不是一种方法论；倒不如说，这是一种"执着的特性"(persistent feature)，或者一种实践。[20] 几乎每一名文学研究专业的学生都学过如何进行文本细读，但是颇具讽刺意味的是，有时候，他们却没有认识到这种阅读其实是一种实践和一项活动。（这有一点儿像是在不知道有一种名为橄榄球的运动的前提下去踢橄榄球一样！）通常，这看起来仿佛是处理英文的最自然的方式。从某种意义上来说，这也没错：就像文学研究中的所有方面一样，文本细读也只不过是我们日常行为的一个"强化版本"。当我们对一段文本投入特别的注意时，我们也许都会这么做。（只需要想一想，当你收到自己喜欢的人发来的信息、发布的推文、更新的状态时，你是如何研读的。）然而，就像我们从事的每一项活动一样，文本细读

---

[20] Barbara Herrnstein Smith, 'What Was "Close Reading"'? A Century of Methodin Literary Studies', *Minnesota Review* 87 (2016), p.57.

也有一段历史和一个起源故事。

那时正值英文学科初建，在剑桥大学，一名叫威廉·燕卜荪（William Empson）的学生正在跟他的老师 I. A. 瑞恰慈（I. A. Richards）讨论莎士比亚的第 129 首十四行诗。这首诗的开篇是："损神，耗精，愧煞了浪子风流／都只为纵欲。"（辜正坤译文）根据瑞恰慈的讲述，燕卜荪在处理这首十四行诗时，"像一个魔术师拿起了他的帽子……从里面变出无穷无尽的一窝窝活蹦乱跳的兔子"。这是在形容他对这首诗做出了各种各样不同的解读。他最后说："你对任何一首诗都可以做这样的事，不是吗？"此时颇受震撼的瑞恰慈回应说："你最好赶紧动手做起来，不是吗？" 燕卜荪为他的导师所写的东西，正是他的成名之作《朦胧的七种类型》（*Seven Types of Ambiguity*, 1930）的核心内容。先不看这个专断式的书名，很多读者已经发现，朦胧的类型是相当……嗯……朦胧的，而且通常不像人们想要的那么一清二楚，泾渭分明。甚至连瑞恰慈也写道，一口气读完这本书的过多内容，就像是患了一次流感，可是，"用心阅读一点点，你的阅读习惯就有可能发生改变——朝着好的方向改变"。[21] 这本书的主旨不在于类型的区分，而是朦胧的观念，"任何一种语言上的细小差别，不管多么轻微，都会给对于同一片语言的不同样的反应留下空间"。[22]

文本细读对朦胧、意义的迁移、双重含义、暗示和联想格外敏感，对历史语境或者作家的生平则兴趣甚微（你甚至不需要知道作者是谁，就可以去细读他们的作品），而对"纸面上的文字"（words on the page）更感兴趣。事实上，这个短语成为当时在美国一群颇有影响力的作家和

---

21 这个故事，以及瑞恰兹的评论，由约翰·哈芬登（John Haffenden）在《威廉·燕卜荪 第一卷》（*William Empson, Volume 1: Among the Mandarins,* Oxford: Oxford University Press, 2005, p. 207）中进行了重述。

22 William Empson, *Seven Types of Ambiguity* (London: Penguin Books, 1995), p.19.

学者所持的口号，他们满腔热忱地拥抱文本细读方法，并以"新批评"之名为人所知。与我在第一章提到过的历史主义批评家相反，他们通常被描述为"形式主义"批评家。

对于文学研究而言，值得关注的是，文本细读的目标与其他种类的阅读不同：例如，律师、科学家和历史学家都致力于消解朦胧，规避疑义。但是，文本细读的目的却是要对"诸多意义的共时在场"做出回应，而不是毫无歧义地提取出其中的一种。[23] 阅读文学文本不是破解密码（文学阅读常拿来与它做错误的类比），因为它的目标不是揭示某一种特定的（隐秘）信息。相反，文本细读顺应于多重的意义和联想，从而在交谈中将此文学文本展开。这种对于"展开"的兴趣，正是让文学研究与所有其他学科区分开来的一个特征。文本细读是一种开放式

---

23 Michael Wood, *On Empson* (Princeton, NJ: Princeton University Press, 2017), p.47.

的、不可定论的、共享式的创造性活动。

其实,文本细读的起源并不真的像那个从帽子里掏出兔子的"灵机时刻"所呈现的那么简单。文本细读背后的观念在燕卜荪的魔术表演之前早已酝酿多年。例如,瑞恰慈本人就已经让学生们在没有作者或语境细节的前提下去阅读"看不见的文章"了。而在更早的一代人里,从事成人教育的教师理查德·莫尔顿(Richard Moulton)也发明了一种类似的文学阅读方法。[24] 但是我们的"起源故事"确实揭示出了文本细读作为一种实践活动的某些面向。不仅如此,这种实践活动还广泛地流传开来,因为,如果操作得当的话,文本细读可是一种绝佳的对话式的教与学方法,而且这种方法还并不需要巨大的图书馆、专家级的知识——甚至连维基百科的访问权限都不

---

24 见 Alexandra Lawrie, *The Beginnings of University English: Extramural Study 1885–1910* (London: Palgrave Macmillan, 2014), pp.93ff。

需要。（我在第四章里会更详细地讨论这一点。）

文本细读也跟任何一种技术一样，你练习得越多，就越擅长。你可以学着找到自己处理文学文本的窍门，把它们的语言运用放大加强；你会开始识别出联想和意义形式的变迁，而且，就像在生活中任何领域内的熟能生巧一样，对于你自己的阅读和与文本的接触，你也会越来越自信。你"展开阅读"，开发一个文本含义的意味。而在塑造某个意义的过程中，还会产生一种发明的快感（就像从帽子里抓出一只兔子一样）。事实上，文本细读就像是作家手艺的创造性对位或者逆操作，后者理解写作并不仅仅关乎一场交流的内容，也同样关乎它的形式：是什么与如何的合一。文本细读需要如诗人一般的思考；或者不如借用本章开篇的说法，文学的书写与阅读都是在参与一场创造性的交谈。

可是——在关于这个话题的讨论中，下面这一点几乎总是被忽略，可它却是对于文学研究以及文学研究的重要性而言格外重要的一点——文本细读并不仅仅是一项技术,它还是一种活动,是某种你跟他人一起做的事情,是与文学文本展开的一场开放式的对话。因为它是与他人一起完成的,所以它与技术的使用便有所不同,后者可以独立完成:在一次动作中,你不仅相当明了在终点处将要发生之事(或者甚至清楚终点所在何处),而且还明白共享行为的重要意义(也许还有欢乐)。在共同塑造意义、共识与分歧、相似与别异的过程中,存在一种共享性的创造性的快乐,即便它有可能转瞬即逝。

把文本细读作为一种活动来思考,将为我们带来诸多积极的影响。世界各地的读书小组都在一遍又一遍地发现着阅读与共谈的乐趣。除此之外,文本细读不只把注意的焦点放在文本显而易见的层面,还会放在其他那些通常属于潜文本的含义:它发掘出一种关于"正在发生之事"的更深层次的观点,而这往往出人意料地与你的期待背道而驰。这对于虚构和非虚构作品同样适用(下一章里会举一个例子)。文本细读一直以来都饱受争议(文学研究中的一切都是可供争论的),因为它对于"纸面上的文字"的聚焦关注似乎切断了文学文本与历史和语境的联系。然而,作为一名格外重视历史与语境的批评家,特里·伊格尔顿却在观察文本细读的实践时得出了截然相反的结论:

> 不论是大写的文化(Culture)还是文化——文学艺术与人类社会——都以语言为媒介觉醒意识,而文学批评便因此成为一种对于使我们成为我们的厚度与复杂度的敏锐感知。它只需要处理自身领域内的独特对象,就可以对整体上的文化的命运产生根本性的影响。[25]

---

25 Terry Eagleton, *How to Read a Poem* (Oxford: Blackwell, 2007), p.9.

这是在说，顺应一个文学文本的语言还能让我们与我们生于其中的这个世界以及这个世界的语言产生牵连。

但是，把文本细读作为一种活动来思考，也有一些负面的影响。对于像我这样的人来说，尤为恼人的一点就是，不管我如何描述文本细读，距离这项活动的动手实践仍然相去甚远。

我可以描述我和一组阅读者如何基于一个文本发展出我们的想法，并展示出我们的想法是如何在我们彼此聆听的过程中发生改变；我可以给你举出几个机敏阅读的美妙时刻作为示例；我还可以把小组谈话拍摄记录下来。可这些都只是文本细读的结果，是化学反应本身结束后遗留的残渣，也许很容易到最后也变成我在前面所批判的那种历史语境的"下载"。以上几种对于这项活动的描述都不是"次优解"：他们与文本细读经验本身是完全不同的两回事儿，就好像性描写与性行为是完全不同的经验一样。尽管如此，我还是打算在下一章中使用一个具体的样例来呈现这样一种文本细读的结果。

对于想要努力解释自己的学科为什么重要的英文学学者而言，它还带来了另外一种令人沮丧的后果。历史学家的目标是创造关于过去的叙事，这很容易变成讲座、播客或者电视节目。科学家通常都在制造事物，或者发现关于世界的奥秘；你很容易理解这些工作为什么重要——你只需要稍停片刻，想一想你手中的智能手机所代表的科技成果就可以了。但是如果你所在的学科的核心事件是在一小群参与人士的对话式活动中发生的，你就不能在电视、视频网站或者播客上来进行。共同展开一项活动与独立执行它或者向别人转述它是不一样的：你也许十分擅长落点精准地踢一只球或者向朋友讲述一场比赛，但这都跟一起参加比赛不可同日而语。（当然，这对于性也成立。）最终，文本细读作为一种活动的这个方面就总是意味着它是一种风险：任何一种共享的活动都有可能失败。可能没有人出席你的聚会；政治示威活动可能是一发雷声大、雨点小的哑炮;我们都上过——或者教过——失败的无聊课程。在细读一个文本时,小组里的每个人都对这项活动的有益、有趣和有乐负责。作为一项活动,它需要一支队伍。文本细读的活动绝不仅仅是一本汇集了事实的目录。就像擅长一种运动一样,它也很难被写下来或者描述出来。在近百年的时间里,历经了文学批评时尚的起起伏伏,这一核心实践活动仍在继续,通过文学的教与学的活动薪火相传。

结 论

我在本章中提出,正如文学可以被隐喻式地理解为一场鲜活的交谈,文学研究也可以借用同样的方式理解:在有关我们应该如何研究文学的多种多样的观点之下,都埋着一个对话的观念。对话帮助我们发现我们自己作为人的独特性，支撑起关于教育本身应当如何的最佳观念：它应是一种转变我们自己、他人和世界的创造性的行为。在阿波比"行动中的知识"这一观点中，我们找到了一种反映这一观念的文学研究方式，同时也对需要规避的陷阱有了认识。在文学研究、英文学研讨会和课堂上发生的诸多事件中，我选择了两个有联系的常见样例集中展开。

文学研究是一种对话，这份意识让我们明白了这个学科不应该是什么。它不应该把人排除在交谈之外：就像在日常生活中一样，这既伤人，也是错误的，还错失了听取他人的洞见或迷人观点的良机。文学研究不是、也不应该是由清单或目录组成的：排行榜前十本书的清单也许很抓眼球，但是这不是对于文学的教育。"目录式思考"还有一个进阶的版本，就是过度强调一首诗、一部喜剧或一本小说的历史语境。就像我在上文中所指出的那样，下载这个目录时，暗含着它提供了唯一答案的假设，这意味着以属于你自己的方式理解文本会变得更难，而给出你自己的反应和感受也将显得无知和无谓了。可是，你的思想和感觉是对一部文学作品最有价值的第一反应。当这门学科失去了它的对话形式时，它就没有在做它应该做的事了。

英文和文学研究应该——而且，最理想的情况是，做到——提供一种对话意识，那才是教育真正的样子，而不是它有可能成为的下载、存储或与评价对象的机械对应。一门英文课在文学的活动和讨论中创造知识，摆在台面上的不只包括"你对于这个文本的所知"、你已经正式学过的东西，还包括你从自己的生活中拾取之物：你的感受和全部的自己。在其他学科里更加局限的知识范畴装不下关于文学的知识，因为处于你的文学阅读中心地位的是你。正因如此，文学研究才足以发人深省；正因如此，它才能改变我们；也正因如此，才会有人不喜欢它，认为它是危险的或者有风险的，而另外一些人则对它敞开怀抱。它应该是一个激动人心又或许令人不安的过程:文学研究应该让你面临挑战,这种挑战不仅来自于你所读的内容,还经由与你共读的他人的观点而形成。[26]

---

[26] 关于以上全部内容,还可参阅哈罗德·罗森(Harold Rosen)的演讲,"既非《荒凉山庄》亦非《自由大厅》:教案中的英文学"(Neither *Bleak House* nor *Liberty Hall*: English in the Curriculum),收入约翰·里奇蒙德(John Richmond)编《哈罗德·罗森:关于生活的写作》(*Harold Rosen: Writings on Life, Language and Learning 1958 to 2008*, London: Institute of Education Press, 2017)。

第三章

文学为什么是重要的?

*　*　*

文学和文学作品的重要性有太多种不同的形式体现，所以对于这个问题，并没有一种单一的、容易定位的答案：既然文学本身无法被定义，那么它如何重要也难有定论。在此，我打算选择一个具体的例子，借用心理学家和文学批评家的研究成果，融会前面章节中涉及对话、文本细读和隐喻分析的观念，来展示文学如何以及为何重要。可是，我之所以要挑选这个特别的方式，是为了让我在这一章的后半部分可以使用另一个具体的例子来演示另一个广为流传的观点，即文学根本就不重要，或者本不应该重要。

54 读者工程

利物浦大学的一位学者，简·戴维斯（Jane Davis），想从她的文学研究中寻找到某种不一样的东西。教学经验告诉她，文学提供了在别处找不到的"一种意义和联系"，借用美国作家索尔·贝娄（Saul Bellow）的话说，就是"某种当一天结束时可以带回家的真实之物"[1]。但是这还不够。

有一天，当我正开车前往学校，准备去讲华兹华斯的《不朽颂》[2]时，事情豁然开朗。时值春日，

---

1 Jane Davis, 'Something Real to Carry Home When Day Is Done', in Gail Marshall and Robert Eaglestone, eds, *English: Shared Futures* (Woodbridge: Boydell & Brewer, 2018), p.211.

2 你可以在此读到华兹华斯的这首诗：https://www.poetryfoundation.org/poems/45536/ode-intimations-of-immortality-from-recollections-of-early-childhood。

我停靠在北伯肯黑德的一处红绿灯前,街对面政府福利房门前的小径两旁种满水仙花。那些水仙花在舞蹈,而一名穿着睡衣的年轻女子打开了门。她的臂弯里抱着个一岁左右的孩子,那孩子看到一个年纪更长的女士,看起来像是高兴得跳了起来,而我心里想的是,"那孩子从他母亲的臂弯里跳了起来",那是一行我当天更早的时候从《不朽颂》中读到的诗句。就在那句诗进入我脑海的同一时刻,一个想法也随之炸裂开来:那个孩子永远都不会读到华兹华斯。他绝不会想到"那孩子跳了起来"或者知晓《咏水仙》。这些构成了我生活的东西,他却无法拥有。他将接受劣质的教育,其中不会包含诗歌带来的任何快乐和用途。[3]

3　Davis, 'Something Real to Carry Home', p. 212.

她组织了一个名为"走入阅读"(Get into reading)的夏日拓展项目。一小组人高声朗诵一首诗,丁尼生的《过沙洲》[4]。小组里的一位女士开始哭泣起来。"在大学

---

4 *Crossing the Bar* 　　　　　　　　　《过沙洲》

Sunset and evening star,	日西落,晚星出,
And one clear call for me!	一个呼声唤我多清楚!
And may there be no moaning of the bar,	我将出海去,
When I put out to sea,	河口沙洲别悲哭。
But such a tide as moving seems asleep,	海深广,洋空阔,
Too full for sound and foam,	潮来深海总须回头流,
When that which drew from out the boundless deep	满潮水悠悠,
Turns again home.	流水似睡静无皱。
Twilight and evening bell,	暮色降,晚钟起,
And after that the dark!	钟声之后便是幽幽夜!
And may there be no sadness of farewell,	我将上船去,
When I embark;	别离时分莫哽咽。
For tho' from out our bourne of Time and Place	天地小,人生短,
The flood may bear me far,	这潮却能载我去远方,
I hope to see my Pilot face to face	过了沙洲后,
When I have crost the bar.	但愿当面见领航!

【黄杲炘译,《丁尼生诗选》】

里工作了二十多年，我还从来没有见过任何人被一首诗感动到流泪，但是我们在这里，伯肯黑德一个社区中心的一个房间里，一个女人正在哭泣。"戴维斯继续说道：

> 在另外两个这样的小组里，当我读起这首诗的时候，也有人哭泣。为什么呢？我的父亲去年去世了，而这首诗让我想起了他。一个女人这样说。我的女儿一个半月以前去世了。又一个人这样说。它让我想起了我的父亲，他去世的时候我只有十四岁。另外一个人告诉我。那行描写潮水的诗句，"but such a tide as moving seems asleep"让我想起我们一起散步的时光，那时候的默西河水涨船高……当然，我明白文学是个人化的，而且我自己也体会过，既有私下里紧密的接触，也有在大学中教学时站在一定距离之外的观察，可是现在，没有"教学"的屏幕，没有"大学课程"，也没有"教室"，感觉这东

西却真枪实弹地暴露在眼前：因为文字在我们的脑海里有了生命，强有力的情绪事件得以发生，也的确将要发生了。那位女儿夭折的女士整个过程都在哭泣，在那之后，一位男性的退休焊工斜过身，隔着桌子握住了她的手。他说："干得好，孩子。"在那一时刻，我知道自己已经跌跌撞撞地闯入了某种非凡之物当中……这就是那个某种不一样的东西。[5]

戴维斯进而创立了"读者工程"，其宗旨的基础可以精确地描述为："通过把人们聚在一起高声阅读伟大的文学，我们是在提升福祉，减少社会隔膜，构建更加强大的社群，不仅横跨英伦，还可远播海外。"[6] 或许，你可以运用前一章的观点说，戴维斯找到了一种方法来规避教育的

---

5 Davis, 'Something Real to Carry Home', pp. 213–214.
6 这是"读者工程"的网站：http://www.thereader.org.uk/，可以去看看。

"银行储蓄模型"——那些"'教学'的屏幕……'大学课程'……'教室'",以及把一份目录下载到学生脑子里的需求——同时把潜在的对话概念提出水面。而任何一种与文学的真正交往都正是建立在这一概念的基础之上。

"读者工程"运营的项目之一,是带领伦敦南部的心理健康小组进行如上描述的"共享阅读"。由服务用户结成的小组聚集在一起,共同阅读一首诗歌,并围绕它展开讨论。他们的反应被收集编入一份题目为《文学之能事》(*What Literature Can Do*)的报告,其内容相当引人注目。一位名叫彼得的小组成员说:

> 你突然间在心里想到,上帝啊!我收获了一份想象。我能意识到这一点。我有话要说。这让你感觉到自己像是又变回了一个功能完全正常的人。你明白的,就像一个社会成员。而你的世界曾是很小的一个,常常只有你自己,孤零零一个人,要不然

就是跟其他瘾君子在一起,躲在你的舒适区。你突然间感觉自己仿佛是一个鲜活的、呼吸的、重要而可信的人了,因为你能够理解优秀的文学,你能看见那些色彩,你能与人们发生关联,你能把文学与你自己和你所处的世界联系在一起。[7]

另外一位名叫亚瑟的成员强调说,在阅读文学时,"你会去感觉——想象、表达、大声朗读、表演,并把这些作为行动去感觉"。[8]其他人也发现,诗歌赋予了他们一种与自己无形的现实发生接触的方式:杰姬说,诗歌

---

[7] Philip Davis, Fiona Magee, Kremena Koleva, Thor Magnus Tangeras, Elisabeth Hill, Helen Baker and Laura Crane (2016), *What Literature Can Do: An Investigation into the Effectiveness of Shared Reading as a Whole Population Health Intervention* (University of Liverpool, 2016) (http://www.therea der.org.uk/literature-can-investigation-effectiveness-shared-reading-whole-population-health-intervention/), p.9.

[8] Ibid., p.19.

让她看到，仅仅显示在表面之上的东西远非全部，而"生活正是我们看不到的那一部分"。[9] 受老年痴呆症折磨的年长组成员发现诗歌能够触达情绪记忆，帮助他们重新校准自己的生命故事。很多读者都通过文学文本提供的转换角度，了解了他们自己和他人。很多人都经历了一种深层的改变："我过去从来都不知道我是这样想的，或者有这种感觉"，或者"我从来都不知道我可以承认这种想法或者使用那种感觉"："你们带给我的一样东西，是一种发声。"[10] 就像我在前一章中讨论的文本细读一样，攻读也不仅仅是一种谈话，而是一种动作，一种共同的活动。那份报告总结说，"文学之所能，首要的两点为：

---

[9] Philip Davis, Fiona Magee, Kremena Koleva, Thor Magnus Tangeras, Elisabeth Hill, Helen Baker and Laura Crane (2016), *What Literature Can Do: An Investigation into the Effectiveness of Shared Reading as a Whole Population Health Intervention* (University of Liverpool, 2016) (http://www.thereader.org.uk/literature-can-investigation-effectiveness-shared-reading-whole-population-health-intervention/), p.25.

[10] Ibid., p.47.

(1)触发对在人性内核所感受到的经验的访问;(2)提供一种更自由、更深入和更灵活的思考它的方式"。[11]

这是表达文学如何重要以及随着"读者工程"一起将其付诸实践的一种途径。但是这种文学观念被很多人嗤之以鼻,特别是那些活跃在公共和政治生活中的人。相反,他们说……

"听着,我想要的是,事实。"

葛擂梗先生(Mr Gradgrind)是查尔斯·狄更斯(Charles

---

[11] Philip Davis, Fiona Magee, Kremena Koleva, Thor Magnus Tangeras, Elisabeth Hill, Helen Baker and Laura Crane (2016), *What Literature Can Do: An Investigation into the Effectiveness of Shared Reading as a Whole Population Health Intervention* (University of Liverpool, 2016) (http://www.therea der.org.uk/literature-can-investigation-effectiveness-shared-reading-whole-population-health-intervention/), p.57.

Dickens）笔下令人印象最为深刻的反派之一。他是一名工厂主，统治着虚构的红砖城，也就是《艰难时世》(*Hard Times*, 1854) 发生的背景地；他是一个狄更斯版的蒙哥马利·伯恩斯（Montgomery Burns），后者是《辛普森一家》中的角色（或者更准确地说，伯恩斯其实是辛普森版的葛擂梗）。他对教育感兴趣，创办了一所学校。但是这所学校教的是什么呢？

在小说最开始的时候，他正当着学生的面指导一位教师：

> 听着，我想要的是，事实。除了事实之外，什么都别教给这些男孩和女孩。生活里只需要事实。不要播种任何其他的东西，把所有多余的东西都连根拔掉。你只能基于事实来构造理性动物的头脑：没有任何其他的东西能在任何时候给他们带来任何帮助。这是我培养自己孩子的原则，也是我培养这

些孩子的原则。先生，请谨守事实！[12]

葛擂梗无暇顾及小说、诗歌或者人性上的感性经验。事实上，他的名字在英语中已经被用来表示"冷酷、僵硬、只对事实感兴趣的人"。当然，这是利维斯夫妇教育哲学的对立面，后者把葛擂梗视为一只怪兽。而这也是保罗·弗莱雷眼中正确育人方式的反面教材：当弗莱雷写道，教育的"银行储蓄"或"下载"模型把学生转化"成为'容器'，成为等待被老师填充的'器皿'"[13]时，他的头脑里清晰地回想着这本小说的这一章。葛擂梗把学生看作"按顺序排列好的小小容器，准备着灌入以英制加仑为单位的事实，直到他们装满溢出为止"。[14] "以加仑为单位的事实"是他用来让学生成为工厂里有用工具

---

12 Charles Dickens, *Hard Times* (Harmondsworth: Penguin, 1969), p.47.
13 Freire, *Pedagogy of the Oppressed*, p.53.
14 Dickens, *Hard Times*, p. 48.

的手段；让他们在其"利益交换"（you-scratch-my-back-I-scratch-yours）的人生观中有用，这是因为：

> "天下没有免费的午餐"是葛擂梗哲学的根本原则。谁也没有责任给任何人任何东西，或者让任何人义务帮助自己。感激理应被废除……人类从生到死所走的每一寸，都应是隔着收银台的一场交易。[15]

一切事物——人生的每一寸——都被葛擂梗简化为金钱，简化为一场现金交易。

葛擂梗——至少在小说开头——是一个讽刺性的角色：这本小说是在攻击哲学家和改革家杰里米·边沁（Jeremy Bentham, 1748—1832）及其发明的功利主义哲学。这种哲学的核心观点是："判断对与错的标准是最大

---

15 Dickens, *Hard Times*, p. 304.

多数人的最大幸福",而幸福意味着快乐的经验多于痛苦的经验。出于这个目的,边沁发明了他所谓的"快乐计算"(hedonic calculus),这是一种通过计算决定行动的方式:每种动作能创造多少以及何种快乐?功利主义是一种工具哲学:万物都仅仅是一种工具,一种创造快乐或痛苦的用具。在边沁看来,这意味着文学——事实上包括所有的艺术和文化——也仅仅是诸多工具中的一种。他写道,撇开我们有关文学和艺术伟大性的传统观点不提,"图钉游戏同音乐和诗歌的艺术与科学具有相等的价值。如果图钉游戏提供了更多的快乐,那么它就比这两者都有价值"。[16] 因此,在边沁的世界观里,伟大的著作和图钉游戏——换作今天的语境就是《糖果传奇》或者你手机上另外一种简单却成瘾的游戏程序——是平等的,因为它

---

16 Jeremy Bentham, *The Rationale of Reward* (London: John and H. L. Hunt, 1827), p. 206.

们都只是在吸引人们的注意力并制造"快乐"。

边沁的一位朋友和信徒,詹姆斯·穆勒(James Mill,1773—1836),决心按照功利主义的观念培养自己的儿子。所以,约翰·斯图尔特·穆勒(John Stuart Mill,1806—1873)——他后来成为可能是19世纪英国最著名的思想家——从很小的时候就开始研究边沁并深信他的哲学。但是在他的《自传》(*Autobiography*)里,他写到了自己如何"如做完了一场梦一样,从此中醒来"[17]。

> 那是1826年的秋天。我处于一种神经迟钝的状态之下,就像每个人都偶尔会经历的那种样子;对于享乐或者快感的刺激无动于衷;在那种心境之下,在其他时候会给你带来快乐的东西都变得乏味

---

[17] 约翰·穆勒的这句引言以及其他所有的引言都来自《自传》(*Autobiography*)第五章。这个文本在谷腾堡计划的网站上可以阅读:http://www.gutenberg.org/ebooks/10378。

或者无感。

也许，我们可以把这种状态叫作抑郁。穆勒问自己：

"假设你人生中所有的目标都实现了；你所期待的制度与意见的变化都在这一非常的瞬间全部完成生效：这对于你而言会是一种巨大的欢乐和幸福吗？"而一种无法压抑的自我意识明确无疑地回答道："不是！"对此，我的心在我的内部沉没：我构建起自己人生的全部地基陷落了。我所有的快乐都建立在对这个目标的持续追求之上。这个目标已经失去魅力，那么我怎么可能还有任何去追求它的兴趣呢？我似乎没什么值得为之活着的事情了。

这种绝望感没有离开过他：他继续自己正常的积极生活，与人们会面，休息，可是都无济于事。而且他感觉到，不论是他的朋友们，还是他的父亲，都无法为他提供自己所需的支持，何况正是后者的教养将他引向了这种抑郁。他最喜欢的那些书——非虚构作品，自传，"关于过去的尊贵与伟大的回忆，我过去总能从中汲取力量与活力"，都让他失落。"我渐渐说服了自己，我对于人类的爱，我对于杰出这件事本身的爱，已经消耗殆尽了。"

据穆勒所写，正是在"1826年到1827年间那个忧郁冬季干枯而沉重的沮丧感"里，"在我的幽暗中亮起了一小束光"。他在偶然间读到了法国作家让-弗朗索瓦·马蒙特（Jean-Fraçois Marmontel）有关他父亲之死的论述；它在1827年被翻译成了英文。你可以自己去网上找到这篇文章读一读；[18] 它很短，而且看起来也没什么特别的力量，可是它却把穆勒感动哭了。

---

18 见 *Memoirs of Marmontel Written by Himself*, Vol. 1 (https://archive.org/details/memoirsmarmonte 01marmgoog), pp.49–51。

> 从那一刻起,我的负担变轻了。那种所有的感觉都在我内部死去的想法所带来的压抑感消失了。我不再无望:我既不是一只股票,也不是一块石头。看起来,我仍然拥有某些材料,可以制造出所有性格的价值和幸福的能力……于是,乌云逐渐散去,而我又开始享受人生;虽然我有过几次反复,而其中几次持续了数月之久,但是我再也没有像之前那样糟糕了。

这种由抑郁而复元的经历为穆勒带来了两种深刻的改变。第一,他放弃了功利主义。他意识到,幸福并不是人生的正确目标,恰恰相反,快乐几乎是一种副作用,发生在一个人把注意力集中在他物上的时候:"他人的快乐,人类的进步,甚至某些艺术或追求,不把它们作为一种工具,而是将其作为一个理想的彼岸。于是,瞄准这些他物,它们顺路发现了幸福。"此外,幸福似乎与分析格格不入:"如果你自问是否幸福,就会停止幸福。"

第二,对于一本关于文学为什么重要的书而言格外重要的一点是,穆勒开始明白,文学、艺术和文化并不像图钉游戏一样。相反,他发现"个体的内在文化"需要被"滋养和丰富";不仅仅有事实,还要有感觉。而这又让穆勒想到了诗歌的重要性,于他而言,特指华兹华斯。令他着迷的不是华兹华斯闻名于世的自然书写。(穆勒说,小说家沃尔特·司各特爵士[Sir Walter Scott]对自然的描写更好,甚至连"一幅二流的"风景画的自然描绘也"比任何一位诗人都更有效"。) 穆勒说,真正抓住他的,其实是在美的影响下,关于"感觉的状态以及被感觉染色的思想"的表达,那些"可以被所有人类共享的"感觉。例如,在阅读《不朽颂》('Immortality Ode'或'Intimations of Immortality')时,穆勒发现华兹华斯有"一种与我类似的经验;他也曾感到,生命的第一份青春愉悦的新鲜感是不长久的；但是他去寻求补偿，并找到了它，而他现在正在教给我找到它的门道"。不是一般意义上的文学，而是这个特定的诗人，告诉了他有关感觉和人生的某些事情，振聋发聩。对于穆勒而言，顺应华兹华斯是一个过程、一种教育："我仿佛领略到了什么才是幸福的不老源泉，当生命中所有更大的恶都将被铲除。当我处于它们的影响之下时，我感觉到自己立刻就好转了，也更幸福了。"

穆勒的这两种领悟——他关于真正的幸福如何产生以及他对于艺术重要性的觉察——鼓励他在自己的工作中成长为一名改革者、一个捍卫女权的斗士和一位哲学家。这是论证文学为何重要的最为动人、最有启发性的论述之一，而穆勒所写的内容与"读者工程"中参与分享的很多读者所说的话不谋而合。

幸福教授

但是葛播梗先生并没有离我们远去。事实上,他找到了一个新的职业。边沁说,图钉游戏(或者《糖果传奇》)"同音乐和诗歌的艺术与科学具有相等的价值",而专门研究快乐科学的心理学家保罗·多兰(Paul Dolan)则提出了这一论断的当代版本。(他最好的朋友米格 [Mig] 称呼他为"幸福教授"。)多兰致力于更新边沁的学说。同边沁一样,他的基本观念也是认为幸福可以被定义和度量:它由做令人快乐的事(吃饭、看电影、做爱)和有目标的事(赚钱、养孩子、做慈善)构成。为了快乐,"你需要同时感觉到快乐和目标",而这种"快乐－目标法则"就是他为边沁的"快乐计算"发明的新版本。[19] 遵循

---

19 Paul Dolan, *Happiness by Design: Finding Pleasure and Purpose in Everyday Life* (London: Penguin, 2014), p.10.

这一原则,他在《设计幸福》(*Happiness by Design*)这本书里把"时间就是金钱"这一概念隐喻作为论述的核心。多兰写道,每一天,"你都拥有一个存有1440分钟的银行账户。每一天,那个银行账户都会重归于零,没有贷款,也没有存款"[20]。我们的时间——就像我们的金钱一样——稀缺,而且在不断消耗。注意力是我们消费时间的方式,正如多兰所写:我们"花费注意力"(pay attention)[21]。他的结论呢?"幸福是由你如何分配注意所决定的",而不幸则来自于"注意力的分配不当"。[22]

在文学研究中,批评家区分了真实作者——真正活着并呼吸的那个人——与"隐含作者",后者是叙事者或代理作者在文本中自我表现的方式。我们通过《设计幸福》这

20　Paul Dolan, *Happiness by Design: Finding Pleasure and Purpose in Everyday Life* (London: Penguin, 2014), p.10.

21　Ibid., p. xviii.

22　Ibid., p. xix.

本书了解到很多有关隐含作者保罗·多兰的信息。他是幸福的；他常常提到自己的妻子和孩子；他是他的家族中第一个上大学的人，因此他说自己拥有一种对于"来自广泛背景的人们的真实生活中的烦琐与奇趣"的认识。[23] 像边沁一样，隐含作者多兰还是一名改革家，呼吁我们不要相信愚蠢的故事。他喜欢玩笑（"幽默有助于社会融合"[24]），知道人们是关心彼此的（"我做过数不清的研究，结果显示我们对于他人的健康抱有极大的关心"[25]）。而从根底上说，他像葛擂梗一样，认为我们之所以关心他人，是因为"利益交换……有益于你的生存"[26]。我们通过一次报纸采访的内容了解到，他讨厌假期和婚礼，但是喜欢传播

---

23 Paul Dolan, *Happiness by Design: Finding Pleasure and Purpose in Everyday Life* (London: Penguin, 2014), p. xi.
24 Ibid., p. 152.
25 Ibid., p. 177.
26 Ibid., p. 182.

自己"智慧的珍珠,给下一代的意见领袖或失败者"[27]。他宣称,"我在金钱方面如同我对待自己的时间一样慷慨",而且他还拥有一台"贵得离谱——而且大得毫无必要的——B&O牌电视";他乐于"出行……而且我太精于此道了。不信去问问我最好的哥们儿米格。他住在伊维萨岛"。

而且,他憎恨文学。他就是看不到文学的意义在哪里,而且也毫不掩饰地在任何可能的场合重复这件事。

化用《单身插班生》(*About a Boy*)中威尔的话说,如果我是一座岛屿,我要成为伊维萨岛。仅此声明,我是从2002年上映的那部电影里听到这个说

---

[27] 'Happines Expert Paul Dolan: What Makes Me Happy', *Guardian*, 22 November 2014 (https://www.theguardian.com/lifeandstyle/2014/nov/22/happiness-expert-paul-dolan-what-makes-me-happy). 下文引用多兰的话,除非特别指明有其他出处,都来自这份报道。

法的,而不是1998年出版的那本尼克·霍恩比(Nick Hornby)的书:我这一辈子都没有读过一部小说。一天之中只有那么多个小时,而我决定用各种各样不一样的活动填满它,而不是阅读编造的故事。萝卜青菜,各有所爱,哈?

还有,《设计幸福》也是一个针对文学"一吐胸臆的机会":

> 多年以来,很多人都告诉我,我应该读些小说。我这一辈子都没有读过一本小说(除非你把学校课本上的《人鼠之间》[*Of Mice and Man*]也算上——我们本该读《卡斯特桥市长》[*The Mayor of Casterbridge*]的,可是你知道它有多长吗?)[28]

---

28 Dolan, *Happiness by Design*, pp. 80–81.

他问：要是他读了小说，而小说没有让他更幸福一点儿，该怎么办？对于隐含作者多兰而言，每件事都只因其"工具价值"而重要，其重要性在于它如何创造更多的幸福。文学与应用程序、健身馆、图钉游戏等并无不同，只是另外一种形式而已。然而，他的工具主义扩展到了小说之外：

> 当人们问我，他们如何才能更幸福、享受更多性爱以及减肥等等，我的回复是，他们应该与幸福的朋友交往，抛弃那些可怜虫，与那些享受大量性爱的朋友交往，抛弃那些不这么做的人，与苗条的朋友交往，抛弃那些超重的人。虽然我这么说是半开玩笑的，但是你的确需要仔细地想一想这些。[29]

29　Dolan, *Happiness by Design*, p.140.

仔细地想一想（这只是半开玩笑的）：隐含作者多兰暗示说，你的朋友只是让你感觉良好的工具而已。而（半开玩笑）如果那就是你朋友们所扮演的角色，那么你的伴侣和孩子又是什么情况呢？（有那么一个古怪的枯燥、沉重而低落的时刻，罗兰写道，"感觉上，仿佛我有时候是为了我的孩子们的幸福而放弃了自己的快乐与目标"，而他的妻子"定然如是"。[30] 如果我们还记得他的快乐－目标原则，就能看出此刻的苍白：半开玩笑，仔细想想。）

我花了不少篇幅来讨论保罗·多兰的隐含形象，是因为——就像穆勒的故事所展示的那样——你对文学的参与方式某种程度上与你是什么样的人有关。同葛擂梗一样，在隐含作者多兰看来，万物都是供使用的工具。事实上，再往前走一步：在隐含作者多兰看来，连乐

---

30 Dolan, *Happiness by Design*, p.181.

趣、友情和人（半开玩笑，仔细想想）也只不过是工具而已。如果某物是有用的，它就是有价值的；如果它是无用的，那么它就一文不值或愚蠢至极。我相当钦佩他这种贼喊捉贼的能力。

其实，如果只是想忽视这个隐含作者多兰的话，应该不是什么难事。他所提供的只不过是这种工具主义观点的一个当代样例。显而易见，隐含作者多兰不喜欢文学，是因为他相信，我们都只是事物，人们都只是工具。

我可以站在这一观点的反面，单纯地坚持说，人们不是事物，文学也很重要，因为它是关于我们的"非虚无性"的不可定义的表达；而这正是工具主义被世人拒斥之处。但是，我并不打算忽视这位隐含作者多兰：我想要十分严肃地对待他，并在一场文学式的对话中与他的著作交锋。隐含作者多兰也许憎恨婚礼和假日，但是他还很明确地是一个幸福的人，勤奋、成功、有想法、智力高、有革新精神、幽默而风趣。文学为什么对他而言无足轻重呢？我想阐明的是，文学对于他而言其实是重要的，只不过他不肯承认。而且，奇特的是，我们从他自己的著作中也能看出文学是重要的。他认为无用的东西（只是编造出来的愚蠢的故事）实际上变成了《设计幸福》中最有用的一个方面。文学就是《设计幸福》的设计蓝图。

让我们放慢脚步，仔细阅读他的著作，多花一些注意力在文本上面，这样我们就能清晰地看到，他确实一直都在使用文学和文学技巧，正如他在自己的报纸简介上就运用过一则隐喻——"如果我是一座岛屿，我要成为伊维萨岛"——这个隐喻是经由一部电影转借自一部小说。举个例子，隐含作者多兰在《设计幸福》的开篇，为了博得读者的支持，"坦白"了一个关于他如何克服困境的秘密。一则关于他如何解决口吃难题的故事立即让我们对他产生了共情：我们都能对克服障碍这件事感同身受。此外，这本书自身就拥有一种叙事性的驱动力——他写道，快乐-

目标原则的故事带领我们走上了一段"旅程"。[31] 再则,我在前文也提出过,他关于他自己、他的希望、野心、怀疑和恐惧的介绍,也是一种文学性的描述。不仅如此,这本书里还充满了各种小故事:他讲述了自己的朋友迪克西如何为参加选美比赛进行训练的事,而这种叙事(热身、发展、交付)塑成了整本书的结构。又如同我在第一章中提及的那些作家一样,他也不自觉地告诉了你,他希望自己的书如何被阅读,即追寻着一个健美比赛的隐喻。这本书还收入了几则文学故事:他用很大的篇幅引用了保罗·科埃略(Paulo Coelho)笔下关于一个渔民的寓言,还引用过《麦克白》。多兰无处不在安放有用的隐喻(就像在工厂的隐喻里,有一种"生产流程",你在其中拿出"收入、健康等,把它们转化为幸福"[32]),还插入了没那么

31　Dolan, *Happiness by Design*, p.189.

32　Ibid., p.46.

有用的隐喻（那张钟摆图片，它把快乐置于目标的反面，而这并不是他真正的意思）。书中有一种文学记忆法，实际上是一首藏头诗，这是在向边沁所作的一首近似作品的致敬。多兰关注言语与它们的意义（他花费了很多注意力在"花费注意力"这个短语上）。书中还时不时地出现一些笑话：我们的先祖地猿（Ardipithecus ramidus）的大脑是"地连"（Ard-wired）[33]入我们体内的。[34] 书中甚至还有一些诗意的瞬间，既有能量满满的——他描述自己在健身房里，血液泵上他的耳朵——也有低徊忧郁的（"幸福一逝永不回"[35]）。文本细读的结果表明——与他所持的文学无用观点截然相反——文学于他之用深刻而深远。

另外，多兰的著作之所以成功，也正是得益于其深刻而未被（他）承认的文学特征。在前一章中，我讨论

33　Dolan, *Happiness by Design*, p. 52.

34　即我们人类大脑的运行方式在很大程度上遗传自我们的祖先。

35　Dolan, *Happiness by Design*, pp. 15, 194.

了基本的概念隐喻。如我所言，支撑起《设计幸福》和整个快乐－目标原则的基本概念隐喻，便是"时间就是金钱"：我们花费、储存或遗失时间，诸如此类。每个人都理解"时间就是金钱"，因为这是我们在现代世界里最常见的概念隐喻之一。（说到底，我们都在劳动的过程中变卖着自己的时间。）所以这让多兰的著作瞬间变得容易理解，因为它拂过的纹理都是如此广泛的公认前提。更根本的一点原因是，"时间就是金钱"与"人是工具"以及"以用途测量万物"是关联在一起的，这让整本书更加连贯顺通：对于多兰而言，就像葛擂梗说的那样，"人类从生到死所走的每一寸"都是一笔金钱交换，"是隔着收银台的一场交易"。隐喻暴力在此横行。一种文学方法——文本细读，详析隐喻——认出了它，并可能引导读者发问：我们接受那个基本的隐喻吗？人生即如金钱吗？我们对此所持的观点影响着我们在多大程度上信服那位隐含作者多兰关于幸福的论调。比如，我们也许会选择使用或者安居于另一种基本的概念隐喻，或者，我们可以认为自己对注意力抱有不同的理解。对于隐含作者多兰而言，注意力是我们用来购买幸福的货币。对比之下，在那位陌生而美丽的思想家西蒙娜·韦伊（Simone Weil）看来，"注意力是慷慨的最罕见和最纯粹的形式"[36]，而且"以信仰和爱为前提"[37]。

隐含作者多兰喜欢有用的东西，讨厌没用的东西。尽管如此，他却不得不使用他认为没用的东西（文学，讲愚蠢的故事，那些他不认可的伎俩）来向我们展示他认为有用的东西（例如，"时间就是金钱"的观念）。所以，当他的这本书告诉我们文学是无用的时候，它其实

---

[36] 西蒙娜·韦伊于 1942 年 4 月 13 日写给乔伊·布斯盖特（Joë Bousquet）的信，引自西蒙娜·佩特蒙（Simone Pétrement）的《西蒙娜·韦伊的一生》(*Simone Weil: A Life*, trans. Raymond Rosenthal, New York: Pantheon, 1976, p. 462)。

[37] Simone Weil, *Gravity and Grace*, trans. Emma Crawford and Mario von der Ruhr (London: Routledge, 2002), p.117.

展示给我们,文学是有用的,而且比任何其他东西都更有用。(以这种方式来看待他的这本书,是受到了一种名为"解构"的批评方法的启发,这种方法在语言上付出了格外密切的注意,更关注我们实际说出来的内容,而不是我们以为我们在说的话。)

隐含作者多兰对于这些也许会提出反对意见。首先,他可能说:文学是虚构;它是不真实的、编造的故事。但是正如我在第一章中所展示的那样,"虚构"并不真的意味着虚假:它意味着"塑造"或者"构建"。虚构小说——恰如多兰所言——是从这个世界上的事物中"编造"或者塑造出来的:他的口吃故事不是虚假的,却是"编造"的,以某种特定的方式塑造出来,以求让我们对他感到同情;我们借助这本书所踏上的理解快乐-目标原则的旅程是构建出来的;那则为《设计幸福》注入血肉的健美隐喻是设计出来的。其次,他可能说,这本书的目标受众是"普通的读者":他真正的工作成果是发表在科学杂志上的用一种专业化的语言写作的心理学文章（虽然这些文章中仍旧充斥着转义）。但是话说回来，关键之处在于，当隐含作者多兰试图通过写作加入范围更广的人类交谈（"为普通的读者"）时，他使用了文学——恰恰因为它就是那一场隐喻意义上的鲜活交谈。

热爱文学与吹嘘自己读过一本小说的行为无关；炫耀自己没有读过（或者你只读过约翰·斯坦贝克的《人鼠之间》）也不等同于憎恨文学。因为文学和文学研究就像我们关于我们自身的交谈一样，它们从书本中流出，汇入我们每一天的生活，浸入万物之中。它是我们内在的文化，是我们与我们自己和他人谈话的能力，是我们在这个世界上对于意义的创造——这正是多兰讨论的快乐与目标。而隐含作者多兰虽然没有认识或者承认它，看起来却还是在文学上付出了大量的时间。因此，他非但不一定会扭过头去拒绝这场交谈，也许还会乐在其中。

我很好奇为什么隐含作者多兰会如此看待自己与文

学的关系。据他所写，他是一个喜新成癖的人，他热爱新鲜事物；看起来，他对文学有一个误解，就是所有的小说都跟他在学校里读的那一本小说一样。正如我在第一章中所言，文学不是只有一种（你甚至可以说：文学不是"文学"）；就像一场交谈一样，它可以关乎各种各样形式下的所有种类的事物。文学总是新的；总有新的东西可供阅读或发现。或许——参考穆勒的情况——多兰只是还没有找到他的华兹华斯而已。有些人被J. K. 罗琳的巫师故事深深吸引；而另外一些人则更喜欢杰奎琳·威尔逊（Jacqueline Wilson）描写破碎家庭和寄宿儿童的苦难小说。而且有时候，就像我在第一章中提到的那样，文学还需要"调和"。用一个隐含作者多兰可能喜欢的隐喻来说：当你第一次走进健身房的时候，你不会一开始就尝试举起跟自己相同重量的杠铃或者在跑步机上跑个一万米。你要训练，适应这些锻炼；你一步一步地提高并调和你的身体。文学研究也需要调和，这就像去健身房一样，可能非常艰难。它的成长是一个过程：就像一场交谈一样，你不得不真正参与进来，才能有助于发现它之于你的意义所在。这个过程依赖于一种信任，要相信某种东西定将浮出水面。（而且——剧透预警！——葛擂梗，这个《圣诞颂歌》中斯克鲁奇[Scrooge]的化身版本，在《艰难时世》的故事发展中也渐渐学会了信任，并经历了非常深刻的变化。）

结 论

本书的一个论点是，文学是无法被定义的，而这正是文学以及我们自己"非虚无性"的一部分。可是，任何关于"文学为什么重要"的论述，不管它再怎么宽泛，再怎么普适，比如说文学触发了"对于在人性内核所感受到的经验的访问"并提供了一种"更自由、更深刻、更灵活的思考方式",都一样会趋向于一种定义或限制。史斯克兰·吉利兰(Strickland Gillilan, 1869—1954)的诗歌《论微生物的古老》('Lines on the Antiquity of Microbes')触达了人性的内核吗?你自己判断吧。我把整首诗引用在此:"亚当家 / 就有它。"我不确定:也许——因为它很风趣——它触达了吧?又也许,因为它只是风趣机智而已,所以它没有触达?不管答案如何,本章的选择是只去详细探究文学对人类重要的一种方式,借用简·戴维斯这样的文学批评家和"读者工程"的心理学家们的工作成果,然后再借用另一位心理学家的著作,作为一种反文学的工具主义的样例。我借此展示出,文学不仅仅是有用的,而且它无处不在。在下一章中,我想论证的是,"读者工程"展现出来的那种美妙和有用,并不独属于文学阅读,文学研究同样如此。

第四章

文学教什么?

* * *

在上一章中，我论证了一种思考文学为何重要的方式，其原因正如我在前文所引的报告中所说，"文学之所能，首要的两点为：（1）触发对在人性内核所感受到的经验的访问；（2）提供一种更自由、更深入和更灵活的思考它的方式"。[1] 我提出，我们并不是机器或器械，也不是单纯的工具，这一现实在文学这里得到了澄清。而这些正是文学所教内容的核心。

但是，这同时也是英文和文学研究——以及普遍意义上的人文学科——为工作世界提供了一种绝佳训练的原因，那正是因为我们不是机器人，而是人。当然，葛擂梗

---

1 Davis et al., *What Literature Can Do*.

先生可能无法欣赏这种讽刺。人们常常告诉学生们，为了在职业生涯中取得成功，他们必须得学习科学、技术、工程和数学（STEM学科），但是这实在过于简化了，以至于根本不是真的。可是你不需要相信我说的，只要上谷歌搜索一下就好了。或者，换句话说，只需要相信世界上最大的技术雇主——谷歌——就可以了。

凯西·戴维森（Cathy N. Davidson）在她的著作《新教育：如何改革大学以让学生为一个变动不居的世界做好准备》中有过解释。2013年，谷歌启动了"氧气计划"："从没有任何一家公司曾以如此全面而彻底的数据密集型研究来了解指引晋升和成功的职业生涯的那些特质。"[2] 谷歌的创始人谢尔盖·布林（Sergey Brin）和拉里·佩奇（Larry Page）最初以为只有那些拥有技术本领的人才能在一家技

2　Cathy N. Davidson, *The New Education: How to Revolutionize the University to Prepare Students for a World in Flux* (New York: Basic Books, 2017), p.140.

术公司取得成功，可是"氧气计划"的发现却是截然相反。结果显示，排行前六位的指引成功的本领是"能当一个好教练；拥有良好的沟通和倾听能力；可以洞察他人（包括他人不同的价值观和观点）；同情并支持同事；是一个优秀的批判思考者和问题解决者；有能力在复杂的想法之间建立联系"[3]。而正如戴维森所说，这些特质听起来不像是通过学习编程就能获得的，更像是你在研习文学时才能学到的东西："没有解读力和批判思考的技能为根基的STEM专长，也许可以帮你找到第一份工作，却不能帮你升职进步。"[4] 谷歌接下来的一个项目把焦点放在了团队如何才能做到最好上面，结果发现"公司最重要、最有

---

[3] Cathy N. Davidson, 'The Surprising Thing Google Learned about Its Employees – And What It Means for Today's Students', *Washington Post*, 20 December 2017 (https://www.washingtonpost.com/news/answer-sheet/wp/2017/12/20/the-surprising-thing-google-learned-about-its-employees-and-what-it-means-for-todays-students/?utm_term=.f57494cc 1785).

[4] Davidson, *The New Education*, p.140.

生产力的新想法"不是来自于技术专家,而是出自那些成员之间彼此在情感上感到安全和有保障的团队,他们展现出"对于同伴……观点的平等、慷慨和好奇,还有同情心和情商"。"要想成功,"戴维森写道,"每一名团队成员必须感到有信心去发言和犯错。他们必须清楚,他们的话有人听。"[5] 学会与大家展开一场真正的交谈指引着成功的方向。谷歌的这些项目并非空谷足音:各种研究无一例外地表明,大大小小的公司都珍视并追求着在交流、合作、批判性思考、独立性和适应性方面的技巧。

也许这些听起来有一点儿像"葛擂梗主义",但是如果你正在把你自己的时间、金钱和未来投入到一个项目当中,那么多少都需要一点残酷的冷静。之所以这里存在"听上去像是葛擂梗先生"的风险,也许正说明了英文和文学研究领域的人们在这方面不擅长推广。可是你

5　Davidson, 'The Surprising Thing'.

从英文学科中所学到的东西，不管是在最深刻的层面还是在技巧的层面，都是对社会有用的，而且对你自己也有用。底线是：雇主们喜欢英文和文学研究学科，其中的缘由很有解释的必要。所以，下面让我们看一看英国政府的资质认证机构所列的一个清单，上面列举了你通过研习文学所将学得的技能（超出你对文学和思想的认识与理解的范围）：

> 你将成为一名**有效率的研究者**：有能力发现并分析复杂的信息和多样化的证据；对研究任务作出有创造力和想象力的回应。你将有能力开启属于你自己的项目。你将有能力在更广博的语境中呈现信息，独立并批判性地检测、解读和分析信息与证据，从分析中得出令人信服的论据和有决断力的判断和方案，组织并对完成时间负责。
>
> 你将成为一名**优秀的沟通者**，具备高级的沟通

技巧，有能力以口头和书面的方式简要、精确、有说服力地表达你自己和他人的观点。你将与团队中的其他人建立好工作关系，特别是借助有建设性的对话（例如，通过聆听、询问和对问题作出回应）。你将理解叙事和情绪在决策制定中扮演的角色。

你将成为一名**活跃的终身学习者**，能够适应不同的任务和需求，理解给予和回收反馈的益处，对你自己的假设与实践进行评价和反思，透过眼下的工作看到背后更广的语境，包括你的工作所带来的社会和商业效应，开启属于你自己的工作并对其负责。[6]

实话实说，像这样摆在这里，因为被剥离了语境，这些

---

6 这份文件在这里：http://www.qaa.ac.uk/docs/qaa/subject-benchmark-statements/sbs-english-15.pdf?sfvrsn=4f9df781_10。当然，这些内容有点枯燥，但是最关键的内容都在第5到第10页。如果你正在攻读英文学学位，那么这会告诉你它应该是什么样子的。

技能听起来死气沉沉、了无生气，但有趣的是，这种无聊却让我们认识到了一些重要的东西。你只能在语境中学习技能，或者就用术语来说，"嵌入"在一项活动的执行当中。这就好像你只能在水中学习游泳一样，你也只能通过在一个讨论会上参与交流来学着成为一名沟通者。你学会开启一个项目，是通过循着你自己的兴趣，比如莎士比亚中的王位、英国的穆斯林女人或者19世纪小说中的同性欲望……文学中吸引你的无限事物中的任何一种，然后加以发展而实现的。你学会管理时间（不管你多么频繁地听人说该怎么做），也是通过在你的研究过程中实际的亲身体验，包括一篇论文的计划、写作和妥协（!）。这些技能都是在一种语境下学到的，然后才能迁移到另外的场景中去。

这种"嵌入性"意味着"技能"(skill) 这个词并不是十分贴切。就教育而言，我们可以完全凭我们自己学会简单的技能：例如，你可以从一本书中学会不同类型转义的名称（虽然大家一起学会更有趣），这跟你通过看Youtube学会做一道特别的菜没什么不同。但是，学会擅长某种共享式的活动，或者学会同他人一起讨论和透彻地思考，这是另一回事儿。你只能同他人一起做这件事，所以也就需要同他人一起学如何去做。再举一例：你可以独自学会精准地踢球或者背诵一出戏剧中的台词，但是你只能在一个队伍里学会如何踢好球，也只能同他人一起学会如何在舞台上奉献好的演出。如果研究文学就像是一场交谈，那么它必须也像所有的交谈那样，包含他人。

所以，在资质认证机构为英文学科提供的标杆式陈述中，有多少"技能"其实是"技能"与"活动"的混合物，就成为了一个显著的问题。对他人作出有创造力和想象力的回应；工作与沟通；推理与深思；建立关系；适应不同的任务；负责任：当然，所有这些都是广义上的技能，但是它们同时也是共享的行动。它们只能同他人一起完成。英文或文学研究的学位不能从一本书或者一套线上课程中学得,原因正在于此:它所教的东西有不小的一部分都来自于在一个复杂的层面上同他人之间进行的互动。也恰恰是因为英文毕业生擅长团体性的活动,所以雇主们才想要他们。戴维森又说:"STEM技能对于我们如今生活的世界而言是至关重要的,但是正如史蒂夫·乔布斯(Steve Jobs)著名的主张所持的立场一样,仅靠科技本身是不够的。我们极度需要那些除了计算科学外还接受过关于人性、文化和社会的教育的那些人的专长。"[7] 你作为一名文学专业学生所学到的东西,对于这个世界和工作的场合是至关重要的,因为我们共用的这个世界所依赖的东西,恰好是文学研究的要求:对于符号、言语、故事,或者更广泛地说,我们人类的交谈的理解和操纵。在当今这个充斥着假新闻和媒体炒作的

---

7 Davidson, 'The Surprising Thing'.

时代，它们更是获得了前所未有的重要性。这些技能和在共享活动中逐渐成长的专业性，并不是在你从阅读和谈论文学中获得的快乐之外添加的东西；它们正是来自于文学提供的对于"人性内核"的触达和"更自由、更深刻、更灵活的思考方式"。

如果你研究文学，你会成为什么？

在本章剩余的部分，我想要论证的一点是，除了技能的获得之外，研究文学还有一种更加深刻的收益。这其中的理由很重要，可是却常常被忽略，这一部分是因为文学研究有时候不擅长为自己辩护，害怕葛擂梗先生，还有一部分是因为它解释起来有点复杂，可实际上却真的是相当直白。它对于我们如何理解文学研究也有显著的影响。

研究不是像你往手机里下载应用程序那样,仅仅是在增加技能。相反,它会改变你是谁。它真的会改变你的身份。你可以在日常的发言中听到这些。如果你研究数学,你就要学会像一名数学家那样思考——你就是数学家。如果你研究历史,你就要学会像一名历史学家那样思考——你成为了历史学家。而如果你研究英文呢……?研究文学呢……?

通过使用交谈的隐喻,我已经强调了文学和文学研究的对话本性。我认为这也是理解一个英文或文学研究学位能提供何物的最佳途径:它提供了一个能够加入我们这个物种的交谈的机会。在其中,你不仅在探索并深化你的所想,注意并学习他人的所想,你还得以发现很长一段时期内人们的所想与所感,当下的人们的所想与所感,而且你还能学会打开人们未来的所想与所感。也许,在物理学中,科学家们五十年前所想的东西其实并不重要:那已经过时了。但是一般而言,在人文学科中,这场交谈根植并贯穿于我们与过去、现在和未来的羁绊,而在某一领域工作的人们则对此进行解读。他们是一个"解读的共同体"(interpretive community)。

这个说法来自美国批评家斯坦利·费什(Stanley Fish)。他研究了约翰·弥尔顿(John Milton, 1608—1674)在17世纪创作的史诗《失乐园》。史诗通常为我们讲述一个国家或城邦的创立或生死挣扎的故事:某些宏大的(史诗级的!)事件。《失乐园》的故事在弥尔顿的笔下,关乎全部人类的根基:亚当和夏娃,受到撒旦的诱惑,从伊甸园陨落。自这首诗于1667年初次发表以来,读者始终迷惑不解,不明白为什么作为邪恶的终极化身的撒旦被赋予了如此之多令人钦佩的性格:他英勇、雄辩、决心坚韧、魅力超凡、有说服力。他身上的英雄色彩如此之重,以至于伦敦南部的诗人威廉·布莱克(William Blake, 1757—1827)写道——他这句名言在数不胜数的论文题目里被反复"回锅"——"弥尔顿与魔鬼同党而不自知"。然而，在1967年，斯坦利·费什加入了这场交谈，指出这正是《失乐园》要旨的一部分：作为读者的我们理应感受到撒旦的英勇、果敢和有说服力，这恰恰是在警示我们，这些特质——被纯恶的化身展现得淋漓尽致——是不可信的。[8] 费什的论点所激起的争议引发他去思考，书为什么会以及如何被以不同的方式解读。他提出了一个十分粗略定义的"解读的共同体"，由那些对文本抱有近似观点或解读方式的人们组成。这些共同体大小不一：你和你的朋友们共享一个圈内的玩笑，而其他人不能理解；一代人使用一种说法（"CBA" [can't be arsed；提不起精神去做某事了]；"tl;dr" [too long, don't read；太长，不看]），而上一代（或下一代）人不明白这是什么意思；一个文学批评家组成

---

8 Stanley Fish, *Surprised by Sin* (Cambridge, MA: Harvard University Press, 1967).

的共同体则在阅读文本时遵循一套特定的（难以定义的）观点。在费什看来，新的解读通过以新方式运用规则或者——更普遍的情况是——改变解读本身的规则而进化出来。实际上，解读的共同体越开放，规则就越容易更改。[9]（你可以看到，这个观点跟我在第一章中讨论的文类观点是近亲。如果在侦探小说这一文类中，规则是"侦探要强壮而敏捷"，那么你可以挑战这个规则，通过创造一名体态肥胖、行动缓慢的侦探来改动这个文类。但是，如果一名虚构的侦探不去破案，反而坠入爱河，搔首弄姿，那么这个故事还算是侦探小说吗？文类——以及解读的共同体——还是有限制的。）

解读的共同体既包含观点（例如，关于文学为何物），也包含实践（比如：文本细读的实践；思考基本的概念隐

---

[9] 费什在他的《这门课上有文本吗？》（*Is There a Text in This Class?*, Cambridge, MA: Harvard University Press, 1980）一书中勾勒出自己的解读共同体观念。

喻所扮演的角色)。加入交谈,意味着学会成为一个发展中的解读的共同体的一分子。我更愿意把这看作背负上一种"学科意识",因为在加入一个共同体的同时,你要学会扮演一个身份,学会一种思考方式。地理学制造了地理学家;心理学制造了心理学家。这些身份形式是相当强大的(一则著名的研究称它们为"部落"[10])。

英文学科的解读的共同体的名称是……好吧,它不是一目了然的。要想解释它为什么这么复杂,以及这对于我们的解读的共同体意味着什么,我们需要简短地岔开话头,绕路穿过文学研究这场交谈的过去、现在和未来,这是为了(非常快速地)解释我们是如何达到这里的,以及我们可能前往何处。

---

[10] Tony Becher and Paul Trowler, *Academic Tribes and Territories* (Maidenhead: Open University Press, 2001).

过去的文学研究

19世纪末,被我们视作文学研究的四条脉络开始交汇到一处。这场交谈的早期部分十分重要,这是因为——同任何一场交谈无异——文学研究根植于这些观念,而且它们至今仍在这个学科的研究方式中发挥着作用。

这场交谈中的一脉,是名为语文学的学科,它曾被誉为"科学之王,是现代最早的伟大的大学们的骄傲"[11]。语文学在18世纪和19世纪早期繁荣鼎盛,标志着现代人文学科的开端,涵盖了关于文本、语言的研究和有关语言本身起源的思辨。(《魔戒》的作者J. R. R. 托尔金 [J. R. R. Tolkien] 就是一位语文学家,而他的小说世界正是从他对于语言历史的兴趣中生长而来的:首先,他发明出一套虚构的精灵语,然后又发展出一个供这门语言去描述的

---

11 James Turner, *Philology: The Forgotten Origins of the Modern Humanities* (Princeton, NJ: Princeton University Press, 2014), p. x.

世界和神话。)有关英文语言的研究继承了语文学的某些方面。这场交谈中的另一脉是修辞学学科:教人们如何更好地写作、演说和论辩;关于作文的研究就有一部分生发于此。这场交谈的第三条脉络是关于文学的不那么正式的讨论,参与者是19世纪下半叶的诗人、小说家、教师和学者,以及报刊中的其他人:这通常被称作纯文学(*belles lettres*),意即优美的写作。最后,在接近19世纪末的英国,成人教育迎来了一次激生。大学开销昂贵,只对享有特权的人们开放;但是人们对于阅读和讨论文学作品的兴趣却越来越浓。"校外"班(extra-mural class,字面意义是在大学的"墙外")满足了这一需求。成人上这些课,不是为了通过考试或者取得资质,而是为了追求他们自己的个人提升。而历史学家们逐渐认识到主持这些课的文学教育者们的重要性。(我在第二章中曾提到过其中一位,理查德·莫尔顿。)所有这些脉络连同强大的民族主义形式组合在了一起,不仅覆盖了当时的全英国境内（特指包含了苏格兰、威尔士和爱尔兰），还蔓延到更广泛的殖民地，特别是印度，从而建立起一个以民族身份为中心的学科：英文学的旨归是作为或成为英国人。[12]

---

12 如今已经出现了很多关于这方面历史的论述。其中著名的三个分别是：克里斯·鲍迪克（Chris Baldick）的《英国文学批评的社会使命》（*The Social Mission of English Criticism, 1848—1932*, Oxford: Clarendon Press, 1983），覆盖了英国的情况；杰拉德·格拉夫（Gerald Graff）的《宣明文学：一段体制化的历史》（*Professing Literature: An Institutional History,* Chicago: University of Chicago Press, 2007），覆盖了美国的情况；还有高利·维斯瓦纳坦（Gauri Viswanathan）的《征服的面具：文学研究与印度的英国统治》（*Masks of Conquest: Literary Study and British Rule in India,* New York: Columbia University Press, 1989），把焦点放在了帝国主义在这一学科创建中扮演的角色上。最近加入这场对话中的还有：泰德·安德伍德（Ted Underwood）的历史概论《文学阶段为何重要：历史的对比和英文学研究的威信》（*Why Literary Periods Mattered: Historical Contrast and the Prestige of English Studies,* Stanford: Stanford University Press, 2013）；卡罗尔·阿瑟顿（Carol Atherton）的《定义文学批评》（*Defining Literary Criticism,* Basingstoke: Macmillan, 2005）在过去的论证如何持续建构当前观点的方式上做出了格外优秀的论证；麦克尔·加德纳（Michael Gardiner）（转下页）

尽管如此，直到第一次世界大战之后，英文学才真正在大学里完善地建立起来，而在这个过程中，它通过对文学本身特别而强烈的关注，发生了沧海桑田般的剧变。语文学看起来已是明日黄花，因为它只关心历史，而不在意文本的意义；修辞学对于文学的兴趣，似乎只是为了寻找优秀写作的范例；而"纯文学主义"看起来则太过个人化、主观且业余。（当然，事实上，就像在一场交谈中一样，这些脉络中的每一种都曾拥有且依然

（接上页）充满争议和力道的《英国文学建制：国家、民族与经典》（*The Constitution of English Literature: The State, the Nation and the Canon*, London: Bloomsbury, 2013）；亚历珊德拉·劳里（Alexandra Lawrie）的《大学英文课的肇始：课外班研究》（*The Beginnings of University English: Extramural Study 1885—1910*, London: Palgrave Macmillan, 2014）探讨了成人教育运动；戴德雷·沙欧娜·林奇（Deidre Shauna Lynch）的《热爱文学：一种文化历史》（*Loving Literature: A Cultural History*, Chicago: University of Chicago Press, 2015）把这个学科的进化之路回溯到18世纪；还有路易·梅纳德（Louis Menard）的《观念的市场》（*The Marketplace of Ideas*, New York: W. W. Norton, 2010），既风趣，又耐读。

具有很大的价值。)取而代之的是对文学批评思想的新理解。

T. S. 艾略特的作品是其中的一个关键元素。他写过一篇十分著名的文章,《传统与个人才能》('Tradition and the Individual Talent', 1919),并在文中指出,文学其实只能在与其他文学作品的关系中被创造和理解:要想成为一名作家,推及理解一名作家的作品,就意味着要去理解写作的传统。这个观点颇具洞见:我在第一章中提出,作家通过阅读和回应其他作家进行创作,而文学则可以被视为一系列的关系。但是这个关于传统的观点还指出了局限的存在:一种传统不光能够解放创造力,还可以囚禁创造力,而作家和读者回应的也不仅仅是其他文学文本。I. A. 瑞恰慈的工作在文学批评的发展中起到了至关重要的推动作用。我曾在第二章中展示过他如何启发了诸如威廉·燕卜荪和 Q. D. 利维斯等批评家,后者十分严肃地接过了文学批评的任务,并且在英国扮演了极为重要的角色；不仅如此，他还是美国新批评派的关键影响因素之一。新批评派的学生后来都成为了中小学和大学里的老师，所以进而又影响了几代文学专业的学生和学者。对于所有这些作家和教师而言，文学批评都是一个核心术语。而"英文学本身就是一个关于思想的学科"这个观点，始终深深影响着文学批评。

随着文学批评的观念逐渐在文学研究中占据主导地位，它变得越来越不像是一个建设性的、开放的对话，反而更像是一种强势的声音，拒绝他人的置喙。然而，从20世纪60年代、70年代到80年代，更加广阔的世界流转变幻，作为对于这些新变的回应，同时也出于对文学批评的敌对反抗，很多新的声音和文学取向开始征求发声。这些声音受到了女性主义、马克思主义，由哲学、科学、社会学、历史学和心理分析演变而来的文学新观点以及关于种族和帝国的观念的种种启发，相当笨拙地混堆在一起，成为"理论"。"理论家"开始被视为批评家的对立面。除此之外,理论家们还发展出他们各自的专长:后殖民主义理论家研究文学、帝国经验、去殖民化和我们这个全球化世界之间的关系;女性主义理论家探究写作中的性别问题;心理分析学派的批评家发展了弗洛伊德等人的见解,用以理解文化中的心理现象。不同流派的理论家和批评家之间的冲撞为这段时期争得了一个相当夸张的名号,人称"文化战争"或"理论之战"。

现在的文学研究

尽管文学批评的论战一度相当凶残,但当时间推进至20世纪90年代,步入新千年的时候,这场"文化战争"看起来已经止戈散马。这是因为,很多文学研究领域内的人都乐于看到百花齐放,并且发现这个学科比以往任何时候都更加广阔和开放了。然而,更重要的一个原因是,一种基于历史的文学批评如今正在冉冉升起。

过去的某些理论论争（"这本书在说什么？"）看起来本质上是抽象的、不可触达的、无休无止的，作为对于这种本质的回应，文学文本开始被作为来自于某一历史阶段的证据进行阅读（"它说的是这一历史瞬间！"）。历史成为文学解读的主要源头。抱着一张事实的清单，历史信息似乎可以为一个文本提供不容置疑的确定性的解读，而不是像开放式的对话方法那样，得到更具不确定性的结果。此外，源头的历史文件和在其启发下完成的历史著作都属于需要解读的文本，而不是解读的"答案"。在大学里，越来越多的人开始被他们研究和教学的历史时期定义：例如，"文艺复兴"或"现代主义"专家。就像理论家取代了批评家一样，文化历史学家也取代了理论家。而且，现在的我们拥有电子时代提供的惊人的资源。就此，我也指出过，海量的文本可以被计算机"阅读"，生成关于文学在过去如何被创作、消费和理解的新形式的知识。这类运用计算能力的取径，仍有许多未被开掘的潜力,如今以数字人文(digital humanities)之名为人所知。它通常也是一种文化史。在这个光谱的另一端,研究的不是文学,而是文学过去及现在的传递形式:书的历史。对于这些书籍史家而言,重要的不是文学文本,也不是关于文学文本的争论,而是文学文本存在其中的物质形式。

未来的文学研究

文学研究的交谈不会在此终结。例如,当下的三种趋势或许能提供一些新的答案,告诉你如果研究文学,你会成为什么样的人。

第一,创意写作如今已成为文学研究中一个逐渐壮大的主要部分,在未来也将继续成长。创意写作把焦点直接放在对于文学作品的创造性回应之上,无意取代先驱,而是站在巨人的肩膀上进行建设:就像斯蒂芬·金表现出来的那样,创意写作者往往同时也是创造性的读者。创意写作是一种批评形式,带着一种以艺术家的视角审视一份艺术作品的特殊兴趣。

第二,有关儿童和青少年(young adult, YA)小说的研究激增,这是对于这一文类的"黄金时代"的一种回应。而我们正生活在这个时代。这其实是对于文学和自我意识发展的特殊纠葛进行的一场更长期的调查的一部分,同时也源自于人们的一种感觉,即青少年小说归他们所有,所以他们能够加入到关于它的一场体面而真实的对话当中。例如,很多英文专业的学生都是在《哈利·波特》的陪伴下成长和生活的,所以,当他们在讨论会上讨论起它时,他们会感觉自己是专家,并充满自信;他们以一种强有力的正向反馈的方式拥有这些文本,所以他们的对话就更少受到抑制,比如来自下载给他们的"信息目录"的抑制。

最后,还有一个亿万美元级别的电脑游戏产业依赖于许许多多与文学一样的特质:叙事、进入、美感、享乐。如今，游戏已成为综合性的艺术作品，这不仅限于它们的外观和游戏的方式——它们的"顽皮"元素——还涉及它们的叙事和可能性。它们同小说一样，也可以提供沉浸式的体验；同文学一样，也在探求问题，要求解读。例如，《天际》（*Skyrim*，2011）这款游戏的特征就是交纵复杂的叙事和主要为存在主义的个人与政治决策。《荒野大镖客：救赎》（*Red Dead Redemption*，2010）把极度美丽的瞬间与关于腐败、暴力和一种本能式的反政府政治的思考并置一处；实际上，这种并置正是这款游戏的主题。很多玩家都记得那场在游戏机制的迫使之下沿着格兰德河（*Rio Grande*）南岸的长途奔逃，这是一个情绪的制高点。在一段长时间的乡村田园剧情部分之后，游戏戛然而止，尤为令人心酸。而尽管Rockstar出品的另一款巨制游戏系列《侠盗猎车手》（GTA）因其暴力、色情和右翼反政治元素而饱受（在我看来是正当的）批评，人们却常常忽视了《侠盗猎车手·五》（2013

年)中存在于麦克·德·桑塔(Michael De Santa)、特雷弗·菲利普斯(Frevor Philips)和富兰克林·克林顿(Franklin Clinton)之间复杂的角色互动关系。麦克看起来当然是一位有爱心的居家男人,但他同时也是一个不值得信任的、自私的人;特雷弗虽然以暴力和酗酒臭名昭著,却又极度忠诚,矢志不渝,而且心思缜密;富兰克林这个角色显然是最不在意得失的一个人,远离世界的纷扰,是《侠盗猎车手》里核心的宽仁的道德指南针。《这是我的战争》(*This War of Mine*, 2016)与《侠盗猎车手》的政治形成了鲜明对比。这款游戏受到了萨拉热窝事件的启示,讲述了战地平民在求生的尝试中遭遇的残酷而压抑的经历。我曾与各式各样的人就这类游戏展开过长时间的文学式的交谈。围绕着这些游戏,批评术语随之而生:比如,"游戏叙事不协"(ludo-narrative dissonance)用来描述一款游戏展开的方式与它讲给你的故事之间的不一致(你可能把一个角色当作坏人来玩,可是游戏的故事线本意是把他或她作为一名英雄来处理；某个角色也许本该是热爱和平的人，但是当你控制他们的时候，他们变成了能打的武士）。这种在文学的启发下对于游戏的分析常见于视频网站（Youtube）频道上，而目前还没有一个统一的名称：也许会是"游戏批评"（ludo-criticism）。

所有这三种未来的趋势都共享着某些同样的特质。读者（作为作家，作为游戏者）拥有一种与文本和他人发生对话以及亲身参与的感觉。

危机？批评！

在这段关于文学研究的过去、现在和可能的未来的过于简短的历史中，你可以追溯到这一解读的共同体名字的变化：语言学家、修辞学家、纯文学家、文学批评家、理论家、文化史学家、数字人文学家、书籍史家、创意作家、青少年文学批评家、游戏批评家。（这里还漏掉了很多：在诸多未及提及的名字当中，有比较学家，他们研究不同民族文学之间的关系；还有文化研究这一学科，从文学研究中生长而来，分析很多更加广泛的文学产品形式。）每一种名字都强调了文学研究的一个不同面向。我认为这很可能是一种健康而正确的状态。一个基于某种无法被定义之物的学科，以及一个以鲜活的交谈为基础的解读的共同体，就应该是开放式的，置身于有关其本质的讨论之中，对于它自己的命名并不十分清晰。如果这听起来有一点像某种危机，那么它也可说是一种健康的危机。

话虽如此，一个学科显然还是需要有一个名字的；它需要人们要成为的"某种东西"。所以我认为现在是时候重拾"文学批评家"这个短语来描述这个学科的身份了。如果你研究文学，就会成为一名文学批评家。事实上，"批评家"（critic）和"危机"（crisis）在古希腊语中本就共享一种相同的语源学词根。

称呼研究文学的人为批评家并不意味着要重返"理论之前"的某个时间，重返女性主义以及所有其他以理论形态呈现的社会、政治和知识关怀之前；也不是说要忽视文化历史；不是要执着于为艺术而艺术的焦点；更不要求研究文学文本时一定要直白而显性地对它们作出评价。相反，文学批评命名的是一片相当广泛而宽阔的领域，就像它所检视的文学一样，这片领域也受到诸多方面的影响：政治、艺术、历史、文化、哲学。虽然文学批评不再以评价为主，但它还是回避不了广义上关于价值的问题（说到底，选择去讲授或阅读或写作某本书而不是另一本，这就是一种评价的形式）。重拾文学批评想要摆脱的是一种观念，即理论或文化历史标志了某种"元年"，这种观念抹杀了在此之前的一切，只有摒弃它，才能发展出一种更加长远和广泛的交谈意识。

这种宽泛意义上的文学批评暗示出，一个学科可以是一场进化中的交谈。就像我在第一章中指出的那样，一场健康的交谈中不可或缺的一个部分就是关于这场交谈本身如何展开、展开它的动机是什么、它的延续性和断裂性以及它可以如何变化等问题的辩论和讨论。每个参与这场交谈的人——或者想要参与其中的人——都应该有权进入那些辩论。"文学批评"这个术语不需要暗示文学研究具有某种核心或本质的脉络。事实上,将"文学批评"视为一种进化中的交谈就意味着人们并不需要所有人都认可一个共同的核心,认定它"就是"文学批评:我们可以追求一种多音部的发展中的交谈。

把这个学科看作文学批评,还要直面关于文学研究的一个问题。有时候,文学研究看起来就像是"只是阅读而已"。而它不止于此——它是一种解读的共同体。它是由构建并丰富了这些阅读的一系列问题、观念和方法所构成的。带着这种历史感,对这个学科略加思考,便可提供把这个重要面向推到前景的一条通道。教育学中最重要的元素之一就是所谓的"元认知",它的意思大概就是指，你了解自己为何研究某物：如果你知道你为何研究某物，或者你为何在用那种方式研究，那么这个学科就变得更容易理解，而你也会更加在行。只是给一项活动起一个名字，并不能把它解释清楚，可它确实会给这项活动提供一种方向感。

"文学批评"这个名字把人们的注意力引到了这个学科的实践之上，即它实际上是如何完成的。实践——就像文本细读的实践展示的那样——通常不会随重心或命名的变化而消亡。例如，一般来说，相较于写作和评价而言，学生们不怎么写十四行诗或五幕悲剧。他们写的是文学批评的文章，用被我们识别为"文学批评"的方式对文本作出回应。像文学批评家一样思考意味着文学专业的学生们不只是阅读文学作品，还要明白，他们阅读的文学批评作品也是一个连续体的一部分，这可以帮助他们学会如何让自己成为作家和批评家。文学创作近期的发展——例如，创意写作或创意性的批评式重写——支持了这种扩大化的文学批评观念：这些如今都成为了我们文学批评库的一部分（而且也许未来的编程和批评式的游戏设计也会殊途同归?）。

通过研究文学而成为一名批评家的观念还为"测评目标"的观点找到了平衡。所有的检查和评价都含有一定比例的"跳环"（hoop-jumping），可是有时候，"测评目标"也可以让阅读和写作变成一种"打勾"练习（考试系统更会令此加剧）。然而，"测评目标"不应该是跳环或者勾选框，而更应该是一种对于批评家们提出的那类问题的解码，而且有必要笨拙一点儿。它们理应是对一条可追寻路线的指示，是对批评家产生身份认同的观念，也是帮助你加入一场交谈的途径。当它们不再指引方向而变成了勾选框之后，也就失去了本应具有的对话的功能。

文学批评是一种集体活动，在人与人之间共享，从交谈、论辩与共享的思考中诞生。美国批评家韦恩·布斯（Wayne C. Booth）笔下的文学批评活动既不是归纳（induction）也不是演绎（deduction），而是"共演"（co-duction），"这个过程不仅仅是对已有观点的论争，而是一场交谈，一种再阅读，是一种将要建立的持续变换的评价的关键组成部分"。[13] 我们共同开发出关于文学的观念：一个人可以跟他人一起说话、阅读、钻研，把文学批评当作一个合作品来创造——就像一种健康的民主一样——采取他人的意见，但是不必要求百分之百的共识。这种合作还可以跨越时间完成：有关《李尔王》主旨的辩论和探讨可以变迁改换，这样一来，今天的一名学生就可以向过去的批评家们学习。

这种文学批评的意识还教给我们某些重要的东西。像交谈一样，批评也包含意见的不合，但是人们可以作

13　Wayne C. Booth, *The Company We Keep: An Ethics of Fiction* (Berkeley: University of California Press, 1988), p.75.

为批评家持有分歧的意见，同时仍然在同一场交谈中共存。如此一来，文学批评便成为我们这个越来越多元化的世界可以参照的民主模型。文学批评并不专属于大学，但是当用这个角度看待它时，我们就能明白为什么它会在那样的环境里蓬勃发展。大学是培养和维护大量共生系统的地方，这些共生系统就是不同学科的解读的共同体。这其中有很多都超越了大学的边界（某一些比其他一些更甚），但是大学有责任维护这种知识生态多元性的广度。

"文学批评"这个术语还带来了一则警告。有时候，一种身份感可能会造成障碍：让我们回忆一下简·戴维斯（Jane Davis）为何要写，"没有'教学'的屏幕，没有'大学课程'，也没有'教室'，感觉这东西却真枪实弹地暴露在眼前"。其中隐含的意思是，"解读的共同体"有可能会阻碍我们与文学的相遇，而不是增进。这个真相适用于这个话题的所有层面：想一想，为了乐趣而阅读一本小说跟为了写一篇论文而阅读一本小说，差别会有多大。还需要注意的是，构成文学研究这一学科的多种多样的潮流，通过在彼此之间展开的论辩，都在努力地寻找一条返回某物的道路（我们也许可以说，这就是"某种不一样的东西"）。而有时候，在获得技巧和资质的具体目标与一种更难触及却仍然真实的个人感和共同进步这二者之间，也会存在一种张力。文学研究就处于这一张力点上，因为它关乎的是极端深刻重要的东西——个人的反应和经验、美、热情、兴趣、他性、共同体、快乐——所有这些都真的很难敲定下来，形成一次考试。身为一名文学专业的学生，就注定需要"熬过"这种张力，去发现，在理想的情况下，它能够发挥建设性作用的方式：比如说，你想成为一名作家的热情引导你去做自己非常擅长又最感兴趣的工作。

最后，回到本章最开始的地方，关于技能的问题和工作的世界，文学批评回答了如果你研究文学会成为什么的问题。正如我在上文提到过的那样，研究并不仅仅是增加技能：它改变了你是谁，即你的身份。你抓住了一种学科的意识。当你清楚了一个学科是如何运作的时候——是什么，为什么，怎样才算是一个得体的答案，它是如何得出的——你就掌握了它：你已经理解了那个解读的共同体的法则。这一点对于工作的世界而言是至关重要的。一旦你掌握了一个解读的共同体的法则，学会另一个共同体的法则就会简单许多，因为你已经熟悉了掌控某物、理解因由的感觉。学着成为一名文学批评家，意味着学会成为某些别的东西就变得更简单了。在当今的工作世界里，工作是在不断变化和发展的。新的想法、实践和科技将会塑造出未来的职业和身份。从这种意义上讲，学会一个解读的共同体的开放式法则，就意味着你也可以学会其他的法则：你知道什么是重要的，以及它们为何重要。文学专业的学生通过阅读和讨论小说、诗歌、戏剧、其他文本、文学批评作品以及理论和历史来习得他们的学科意识。根据本书所持的论点，文学批评的"学科意识"是——或者应该是——开放的、反思的，并且欢迎新的观念：这对于学会如何展开毕生的学习尤为关键。

如果你正在研究文学，那么你就必须喜爱阅读，因为那是你将要做的主要事情。你必须对独立研究的能力充满渴望。文学专业的学生不会整天泡在实验室里；相反，他们在导师的支持下，在课堂和讨论会上，阅读、探索、研究，要么独自完成，要么结成小组。而且你必须喜欢交流——说话、写作、开玩笑、争论、努力讲出你关于作家和批评家的想法。你必须愿意迎接智力上的挑战，尝试新的文本和新的方法，并对交谈中新的可能性保持开明。

结　论

本章的论点是，除了简·戴维斯所说的"某些不一样的东西"，即对存在和体验世界的深刻定位，文学研究还提供了一系列职场关键技能。另外，如果你理解了一个尤具反思性的解读的共同体，那么你也会理解在另一个共同体中游刃有余的意义。在我们所处的这个飞速发展的星球上，没有人应该觉得谋生的压力可以阻碍他们研究文学：你从你与文学的交谈中所学的东西将令你有能力加入世界的交谈之中。

延伸阅读

在一本关于文学的书后加一个"延伸阅读"的部分是有问题的。首先,就像我在第一章中讨论过的,建议你可以阅读的书听起来总像是指导你应该阅读这些书。其次,就像多丽丝·莱辛指出的那样,你永远都无法确信现在到底是不是你阅读某人推荐的读物的恰当时候。最后,新的文学还在不断地被书写,而旧的文学也一直在被重新发现。例如,当写作这本书的时候,我偶遇了当代作家海伦·德威特(Helen DeWitt)的作品,从此爱不释手:《最后的武士》(*The Last Samurai*, New York:Hyperion, 2000)精彩绝伦、引人入胜、感人肺腑,同时还风趣有加;《避雷针》(*Lightning Rods*, High Wycombe: And Other Stories, 2012)令人捧腹,是一本自助手册的戏拟之作；还有，就在我重新改写最后一章的同时，我买到了她收录了各种各样有趣短篇小说的合集，《一些小把戏：十三个故事》(*Some Trick: Thirteen Stories*, New York: New Directions, 2018)。

所以我不打算推荐任何（其他）文学作品了。有很多其他人会做这件事。

同样的问题也适用于文学批评和理论。线上发表和印刷出版的作品比比皆是，有人说这个领域存在被劣质文章挤满的风险。我觉得另一种风险更加严重，而且严重很多：太多人写过了太多美妙的、有见地的材料，就算是一个专心投入的读者，也必将错过关于一个经典文本的令人着迷的创新见解、关于一本小说如何创作的发人深省的观点或是关于诗歌的新鲜讨论。

所以我在此提供一种古怪的、个人化的选篇，这些关于文学的新书和老书，都曾影响过我的思想。虽然下面两种分类难解难分地交错在一起，而且这个分法是一种简化，但是有些书就是更偏重于理解文学和文学的重要性，而另外一些书则更关注文学如何启迪我们认识这个世界。

关于文学的研究

德里克·阿特里奇（Derek Attridge）的《文学的独特性》（*The Singularity of Literature*, London: Routledge, 2004）和它的续篇《文学的工作》（*The Work of Literature*, Oxford: Oxford University Press, 2015），提供了关于文学及文学性本质的一套全面观点。

菲利普·戴维斯（Philip Davis）的《阅读和读者》（*Reading and the Reader*, Oxford: Oxford University Press, 2013）对于文学的权力有很多话说；他还为牛津大学出版社编辑了一套题目为"文学议题"（"The Literary Agenda"）的重要科普系列丛书。里克·赖伦思（Rick Rylance）收在这一系列中的作品《文学与公共利益》（*Literature and the Public Good*,

Oxford: Oxford University Press）谈了很多关于文学和公共领域的合理看法。本·奈特（Ben Knight）的《教育学批判：重构大学英文研究》（*Pedagogic Criticism: Reconfiguring University English Studies*，Basingstoke: Palgrave Macmillan, 2017）把教学与关于文学的理解编织在一起，展示出它们是如何照亮了彼此。

丽塔·费尔斯基（Rita Felski）的《批评的限度》（*The Limits of Critique*，Chicago: University of Chiacago Press, 2015）对于文学批评的所在与应在之处做出了一段颇有争议的论述，同样的论述还可见于约瑟夫·诺尔斯（Joseph North）的《文学批评：一部简明政治史》（*Literary Criticism: A Concise Political History*，Cambridge, MA: Harvard University Press, 2017）。罗南·麦克唐纳（Ronan McDonald）编撰的文集《文学研究的价值》（*The Values of Literary Studies*，Cambridge: Cambridge University Press, 2015）十分耐读，其中由西蒙·杜林（Simon During）执笔论述利维斯的一章格外出色，

题目是"当文学批评重要之时"(When Literary Cristicism Matters)。彼得·伯克赛尔(Peter Boxall)的《小说的价值》(*The Value of the Novel*, Cambridge: Cambridge University Press, 2015)围绕小说做到了同样的事。

西安那·艾(Sianne Ngai)的《我们的美学分类:诙谐、可爱、有趣》(*Our Aethetic Categories: Zany, Cute, Interesting,* Cambridge, MA: Harvard University Press, 2012)是一部艰深的著作,但是从标题可见,这是因为它在努力重新思考我们用来理解艺术的那些范畴。彼得·德博拉(Peter de Bolla)的《艺术很重要》(*Art Matters,* Cambridge MA: Harvard University Press, 2001)是一本讨论我们对美学的回应的深刻著作。苏珊娜·基恩(Susanne Keen)的《共情与小说》(*Empathy and the Novel,* Oxford: Oxford University Press, 2007)讨论了很多人认为是小说关键要素之物。卡罗琳·莱文(Caroline Levine)的《形式:整体、节奏、层次、网络》(*Forms:*

Whole, Rhythm, Hierarchy, Network, Princeton, NJ: Princeton University Press, 2015）是关于形式重要性的一场全新论述。

迈克尔·伍德（Michael Wood）有两本引人注目且立场分明的著作，分别展开论述了文学（《文学与关于知识的味道》[*Literature and the Taste of Knowledge*, Cambridge: Cambridge University Press, 2009]）和文学研究（《论燕卜荪》[*On Empson*, Princeton, NJ: Princeton University Press, 2017]）。

最后，弗兰克·科尔莫德（Frank Kermode）那部隐晦而美妙地论述终结的重要著作《终结的意义》（*The Sense of an Ending*，也再度重印了（Oxford: Oxford University Press, 2000）。

文学和世界

爱德华·萨义德（Edward Said）的工作仍旧在很大

程度上受到了文学研究的影响，包括他被广为赞誉且名符其实的《东方学》(*Orientalism*, London: Pantheon Books, 1978) 及其后续的作品《文化与帝国主义》(*Culture and Imperialism*, London: Vintage, 1994)。保罗·吉尔罗伊 (Paul Gilroy)，特别是他的《反对种族：想象肤色界限以外的政治文化》(*Against Race: Imagining Political Culture beyond the Color Line*, Cambridge, MA: Harvard University Press, 2000) 和《帝国之后》(*After Empire*, London: Routledge, 2004)，拒绝回避任何由这些辩论产生的艰难议题。

凯特·米利特 (Kate Millett) 的《性的政治》(*Sexual Politics*, Urbana: University of Illinois Press, 2000) 和桑德拉·M. 吉尔伯特 (Sandra M. Gilbert) 与苏珊·古芭 (Susan Gubar) 的《阁楼上的疯女人：女性作家与19世纪文学想象》(*The Madwoman in the Attic: The Woman Writer and the Nineteenth-Century Literacy Imagination*, New Haven: Yale University Press, 2000) 都产生了非凡的影响力，并已重新出版。萨

拉·艾哈迈德（Sara Ahmed）的《过一种女权生活》（*Living a Feminist Life*, Durham, NC: Duke University Press, 2017）拾起了其中的部分论题。另外，伊娃·科索夫斯基·塞奇威克（Eve Kosofsky Sedgwick）的著作——《柜子的认识论》（*The Epistemology of the Closet*, Oakland: University of California Press, 2008）和《触感：感情、教育学、表演性》（*Touching Feeling: Affect, Pedagogy, Performativity*, Durham, NC: Duke University Press, 2003）——也同样颇具启示。

林赛·斯通布里奇（Lyndsey Stonebridge）的《失所之人：写作、权利与难民》（*Placeless People: Writings, Rights, and Refugees*, Oxford: Oxford University Press, 2018）把文学和全球难民危机联结在了一起。

迈克尔·罗斯伯格（Michael Rothberg）的《多方向的记忆：在非殖民时代纪念大屠杀》（*Multidirectional Memory: Remembering the Holocaust in the Age of Decolonization*, Stanford: Stanford University Press, 2009）和他即将在同一

出版社出版的《牵涉的主体》(*The Implicated Subject*) 论及了文学和记忆之间复杂而全面的关系。布莱恩·切耶特 (Bryan Cheyette) 的《心灵的散居地：犹太人、后殖民主义写作与历史的梦魇》(*Diasporas of the Mind: Jewish and Postcolonial Writing and the Nightmare of History*, New Haven: Yale University Press, 2013) 提供了更多文学读物，而阮越清 (Viet Thanh Nguyen) 的《万物不灭：越南和战争记忆》(*Nothing Ever Dies: Vietnam and the Memory of War*, Cambridge, MA: Harvard University Press, 2016) 经由对越南的关注，论述了一系列重要的内容。

乔纳森·贝特 (Jonathan Bate) 清晰易懂的著作《地球之歌》(*The Song of the Earth*, London: Picador, 2001) 和乌苏拉·海瑟 (Ursula Heise) 的《地方感与星球感》(*Sense of Place and Sense of Planet*, Oxford: Oxford University Press, 2008) 把文学与环境绑定起来。罗布·尼克松 (Rob Nixon) 的《慢暴力和穷人的环保主义》(*Slow Violence and the Environmentalism of the Poor*, Cambridge, MA: Harvard University Press, 2017）处理了文学与全球贫困和环境破坏之间的交织关系。

最后，越来越多的作品开始探索数字信息对于我们生活的影响，包括文学和其他各方面，而扎拉·迪能（Zara Dinnen）的《数字化平庸》（*The Digital Banal*, New York: Columbia University Press, 2018）便是此中作品之一。

索 引

E. D. 赫希 Hirsch, E. D. 34, 35
F. R. 利维斯 Leavis, F. R. 27, 28, 30, 31, 59, 90
J. K. 罗琳 Rowling, J. K. 4, 75
J. R. R. 托尔金 Tolkien, J. R. R. 88
Q. D. 利维斯 Leavis, Q. D. 27, 28, 31
T. S. 艾略特 Eliot, T. S. 25, 90

A

阿加莎·克里斯蒂 Christie, Agatha 14

B

阿兰·本内特 Bennett, Alan 6, 19
艾萨克·牛顿 Newton, Isaac 3
爱德华·萨义德 Said, Edward 119
《奥德赛》 Odyssey, The 12
奥德修斯 Odysseus 12
奥古斯特·德尔斯 Derleth, August 14

巴赫金 Bakhtin, M. M. 29
保罗·多兰 Dolan, Paul 65-75

保罗·弗莱雷 Freire, Paulo 30, 31, 32, 33, 34, 59

保罗·吉尔罗伊 Gilroy, Paul 119

保罗·科埃略 Coelho, Paulo 71

《贝奥武甫》 *Beowulf* 26

本·奈特 Knight, Ben 116

比较学批评家 comparatist critics 96

彼得·德博拉 de Bolla, Peter 117

边沁 Bentham, Jeremy 60, 65, 66, 71

《不朽颂》'Immortality Ode' 54, 64

布莱恩·切耶特 Cheyette, Bryan 119

布朗肖 Blanchot, Maurice 17

C

查尔斯·狄更斯 Dickens, Charles 58

纯文学 belles lettres 88

D

大卫·马克森 Markson, David 2

大学作为文学批评的家园 universities as home for criticism 101

丹尼尔·丹内特 Dennett, Daniel 42

单身插班生 About a Boy 67

德里达 Derrida, Jacques 42

德·桑塔 de Santa, Michael 95

地猿 *Ardipithecus ramidus* 71

第一次世界大战 First World War 89

电脑游戏 computer games 94

调和 attuenment 11, 45, 48, 64, 75

丁尼生 Tennyson, Alfred Lord 55
读书小组 book groups 47
读者工程 Reader project 56, 58, 76
多丽丝·莱辛 Lessing, Doris 10, 16

F

菲利普·戴维斯 Davis, Philip 116
弗吉尼亚·伍尔夫 Woolf, Virginia 11
弗兰克·科尔莫德 Kermode, Frank 118
富兰克林·克林顿 Clinton, Franklin 95

G

葛擂梗 Gradgrind, Thomas 58, 59, 60, 65, 66, 69, 70, 75, 77, 79, 84
工具主义 instrumentalism 60, 58, 69, 76
功利主义 utilitarianism 60
共演 co-duction 100
古希腊 Greeks, Ancient 5
谷歌 Google 78, 79
雇主对英文学科毕业生的需要 employers' need for English graduates 78, 79, 82

H

哈姆雷特 Hamlet 8
海伦·德威特 DeWitt, Helen 115
荷马 Homer 12, 14
赫卡柏 Hecuba 8
华斯华兹 Wordsworth, William 54, 64, 75
《荒野大镖客：救赎》Red Dead Redemption 94

J

基础概念隐喻 basic conceptual metaphors 41, 43, 71, 72, 87

家养小精灵多比 Dobbie the house elf 8

假新闻 fake news 21

《艰难时世》 *Hard Times* 58, 75

《简·爱》 *Jane Eyre* 36, 37, 38

简·戴维斯 Davis, Jane 54, 76, 101, 104

剑桥大学 University of Cambridge 44

健美 body building 73

杰奎琳·威尔逊 Wilson, Jacqueline 75

K

卡罗琳·莱文 Levine, Caroline 117

凯特·米赖特 Millett, Kate 119

凯西·戴维森 Davidson, Cathy 78, 79, 82

肯尼亚文学 Kenyan literature 15

夸张法 hyperbole 40

快乐－目标法则 pleasure-purpose principle 65, 68, 70, 72-3

L

拉里·佩奇 Page, Larry 78

《李尔王》 *King Lear* 101

里克·赖伦思 Rylance, Rick 116

理查德·莫尔顿 Moulton, Richard 46, 89

《历史系男生》 *History Boys, The* 6, 9, 19

历史主义批评家 historicist ciritics 13

丽塔·费尔斯基 Felski, Rita 117

利物浦大学 University of Liverpool 54

列奥·托尔斯泰 Tolstoy, Leo 4

林赛·斯通布里奇 Stonebridge, Lyndsey 119

鲁皮·考尔 Kaur, Rupi 4

罗南·麦克唐纳 MacDonald, Ronan 117

M

马克思主义 Marxism 91

马克·约翰逊 Johnson, Mark 41

马普尔小姐 Miss Marple 14

马修·乔克斯 Jockers, Matthew 26

《麦克白》 *Macbeth* 71

迈克尔·高文 Gove, Michael 35

迈克尔·罗斯伯格 Rothberg, Michael 119

迈克尔·伍德 Wood, Michael 117

朦胧 ambiguity 44, 45

蒙哥马利·伯恩斯 Burns, Montgomery 58

《米德尔马契》 *Middlemarch* 11, 12

陌生化 defamiliarization 40

N

尼克·霍恩比 Hornby, Nick 67

女性主义 feminism 91

Q

嵌入 embeddedness 81

乔布斯 Jobs, Steve 83

乔纳森·贝特 Bate, Jonathan 119

乔治·艾略特 Eliot, George 11, 13

乔治·奥威尔 Orwell, George 17

乔治·莱考夫 Lakoff, George 41

切斯瓦夫·米沃什 Milosz, Czeslaw 17

青少年小说 young adult fiction 93, 96

《权力的游戏》 Game of Thrones 9

R

让·弗朗索瓦·马蒙特 Marmontel, Jean-Francois 62

日本文学 Japanese literature 15

阮越清 Nguyen, Viet Than 119

《瑞克和莫蒂》 Rick and Morty 26

瑞恰慈 Richards I. A. 44, 46, 90

S

撒旦 Satan 85

萨尔曼·拉什迪 Rushdie, Salman 17

萨福 Sappho 40, 42

萨拉·艾哈迈德 Ahmed, Sara 118

桑德拉·M.吉尔伯特 Gilbert, Sandra 118

莎士比亚 Shakespeare, William 13, 44, 81

莎士比亚的第129首十四行诗 Sonnet 129 (Shakespeare) 44

社会学 sociology 91

《失乐园》 Paradise Lost 9, 85

史斯克兰·吉利兰 Gillilan, Strickland 76

书籍的历史 book, history of the 93

抒情诗 lyric poems 2

数字人文 digital humanities 93

司各特 Scott, Sir Walter 64

斯蒂芬·金 King, Stephen 23, 93

斯克鲁奇 Scrooge, Ebenezer 75

斯坦利·费什 Fish, Stanley 85, 86

死隐喻 dead metaphors 40

苏珊·古芭 Gubar, Susan 118

苏珊娜·基恩 Keen, Suzanne 117

索尔·贝娄 Bellow, Saul 54

索拉·彭斯 Pons, Solar 13

T

特雷弗·菲利普斯 Phillips, Trevor 95

特里·伊格尔顿 Eagleton, Terry 9, 48

特洛伊 Troy 8

《天际》 *Skyrim* 94

图像小说 graphic novels 2

W

威廉·布莱克 Blake, William 85

威廉·燕卜荪 Empson, William 44, 46, 90

韦恩·布斯 Booth, Wayne 100

维基百科 Wikipedia 11, 37, 46

文本细读 close reading 39, 43-50, 71

文化历史学家 cultural historians 92, 96

文化素养 cultural literacy 34, 35, 38

文化研究 cultural studies 96

文化战争 culture wars 91

文类 genre 14, 20, 86, 94

文学的时间丰满性 time-fullness of literature 13

文学的无时间性 timelessness of literature 13

文学理论家 literary theorists 91, 96

文学批评 literary criticism 6, 25, 28, 35, 48, 89-93, 95-103, 117-7; 作为一种活动 as an activity 25, 39; 作为技能或手艺 as skill or craft 25, 39

文学正典 canon, literary 3, 18, 19

《文学之能事》报告 *What Literature Can Do* report 56

乌苏拉·海瑟 Heise, Ursula 119

X

西安那·艾 Ngai, Sianne 117

西尔维娅·普拉斯 Plath, Sylvia 4

西蒙·杜林 During, Simon 117

西蒙娜·韦伊 Weil, Simone 72

希拉里·曼特尔 Mantel, Hilary 2

侠盗猎车手 *Grand Theft Auto* 95

夏洛克·福尔摩斯 Holmes, Sherlock 14

夏洛特·勃朗蒂 Brontë, Charlotte 36

夏娃（圣经人物）Eve (biblical character) 85

校外班 extra-mural classes 89

谢尔盖·布林 Brin, Sergey 78

心理分析 psychoanalysis 91

《辛普森一家》 *Simpsons, The* 58

新批评 New Critics 45, 90

行动中的知识 knowledge-in-action 34, 48, 51

形式主义批评家 formalist critics 45

修辞 rhetoric 88

学科 STEM subjects STEM 77, 78, 82

学科意识 disciplinary consciousness 87, 102, 103

Y

亚当（圣经人物）Adam (biblical character) 85

亚瑟·阿波比 Applebee, Arthur 34, 35, 38, 51

亚瑟·柯南·道尔 Doyle, Arthur Conan 14

氧气计划 Project Oxygen 78

伊甸园 Eden 85

伊娃·科索夫斯基·塞奇威克 Sedgwick, Eve Kosofsky 118

伊维萨岛 Ibiza 67, 69

隐含作者 implied author 66

隐喻 metaphor 6, 39; 作为思想的工具 as tool of thought 20, 42

隐喻暴力 metaferocity 42, 72

《咏水仙》'The Daffodils' 54

《尤利西斯》 *Ulysses* 14

游戏批评 ludocriticism 96

游戏小说 ludo-fiction 3

游戏叙事不协 ludo-narrative dissonance 95

语文学 philology 88, 89

元认知 metacognition 99

约翰·克罗·兰色姆 Ransome, John Crowe 28, 29

约翰·弥尔顿 Milton, John 85

约翰·斯图尔特·穆勒 Mill, John Stewart 61-5, 69, 75

约瑟夫·诺尔斯 North, Joseph 117

Z

扎拉·迪能 Dinnen, Zara 119

詹姆斯·穆勒 Mill, James 61

詹姆斯·乔伊斯 Joyce, James 14

《这是我的战争》 This War of Mine 95

纸上的文字 words on the page 48

《指环王》 Lord of the Rings, The 88

朱蒂·阿切尔 Archer, Jodie 26

转义 trope 40, 74, 81

资质认证机构 Qualifications Assurance Agency 80, 82